心機

林珮瑜｜著
紅茶｜繪

DOUBLE SHUFFLE

Contents

楔子

豪門大宅裡，總有不能也不願與外人道的陰私。

被病魔折磨得淒冽卻更添幽靜瑰麗的臉容，在如墨似瀑的長髮襯托下，顯得惹人憐愛，床被下少女般的娉婷讓人很難相信她已經是一個孩子的母親。

躺在床上的女子就算病入膏肓，依然有著驚人的美麗。

羸弱的女子吃力地抬起手，顫巍巍伸向床邊，試圖碰觸趴睡的小男孩。

就是今天了……姜文翡有預感。她的人生今天將畫上句點，有些話必須交代，對這孩子說的，還有──

對自己一直等待的那個人。

「睿臣……」

小男孩在姜文翡的呼喚中逐漸轉醒，揉了揉遺傳自母親的鳳眼，小手移開放在姜文翡額頭的毛巾後貼在額頭上測溫，露出放心的微笑。

心機

「這裡不燙……媽媽快好了。」

姜文翡虛弱一笑，不能期待六歲的孩子理解什麼叫迴光返照。

「嗯，我快好了。」

小男孩將毛巾掛在床頭櫃的水盆上。

「我去跟周嬸說妳肚子餓，叫她煮東西給妳吃——」溫熱柔軟的手握住小男孩雙手，雖說是握，其實只是無力地搭在兒子手背。

「不要恨你爸爸。」

「他不是我爸爸。」小男孩握緊拳，本能流露仇恨的反應。

姜文翡托起兒子的小臉，慈愛地看著他。

「不要恨他、不要恨任何人……」姜文翡眼眶微潤，忍著淚意貪婪凝視孩子的臉，爭取每次凝視的機會，希望能銘記於心，帶到死後的世界。「記得以前跟我說的願望嗎？」

小男孩搖頭。「許願是假的，跟聖誕老公公一樣，都只是童話故事，都是假的。」

小孩說完，咬緊脣不語，神情倔強。

「是真的。」

姜文翡作勢要坐起身，小男孩俐落爬上床幫忙要扶，被母親反握住手。

姜文翡表情慎重道：

「不要恨，要愛。好好愛自己、愛你愛的人，把願望記在心裡，相信它會實現，它就會成真，你會找到陪你一起完成願望的人。」

小孩垂眸，看著母親握住自己的手，抬眼。「媽媽也會留下來嗎？」先前還溫熱的手逐漸失溫，年幼的孩子領悟了什麼，哽咽：「不會離開我？」

為母則強，卻敵不過孩子直覺的詢問，強忍的淚終於落下。

「對不起……媽媽沒有辦法……」

小男孩掙扎著要下床，離開母親長年處於低溫的懷抱，卻被她以驚人的力氣抱住，瘦小的背貼著母親柔軟的胸口。

「寶貝乖！聽我說、聽媽媽說話……」

小孩停止掙扎，任母親抱在懷裡。

姜文翡欣慰一笑，她的孩子孤僻不愛笑，也不懂得撒嬌，卻聰慧早熟。

雖然早慧則夭，但在范家底下，她寧可他擁有異於常人的早慧，這樣可以有足夠的能力保護他自己。

「記住，雖然你叫范姜睿臣，但你是姜家的孩子、是媽媽最愛的孩子，就算有范家的血，但你是你……你現在不懂沒關係，只要記得這句話……」姜文翡喘了喘，氣若游絲繼續在兒子耳畔輕喃。「要走自己的路，不要被『范姜』這兩個字綁住。你是你，你有你的人生，將來還會遇見你愛的人和愛你的人……不要像我一樣，因為怯懦，錯過自己真正想要的幸福……」

范姜睿臣咬了咬唇。「媽媽……不喜歡我？」

「傻孩子……」姜文翡用盡最後的力氣抱緊小男孩，嚥上突然溢湧喉間腥甜的血，側過臉將唇印上兒子柔嫩的臉頰。

「媽媽愛你……好愛好愛你……你是我最後這段日子的幸福……」視野逐漸模糊，姜文翡感知到生命的終點，在安慰兒子、確保他心性後才道出自己最後的託付：「幫媽媽一個忙……」姜文翡拿出放在枕頭下的項鍊墜子，打開蓋子露出藏在裡頭的祕密照片。「如果有一天……照片裡的人來找媽媽，幫我告訴……」

姜文翡聲音漸弱，竭盡生命留下最後的遺言，溘然離世。

終究，等不到最後一面……

擁抱孩子的手無力垂下，滑落臉頰的淚是她最終的無奈與不甘。

「媽媽？」背後承受突來的重量，范姜睿臣沒有動，窄小的背感受母親僅剩的溫暖，此時此刻，他只想記得這一切。

不知過了多久，嘈雜聲隱隱朝著主臥接近。

「讓開！我要見她……文翡！文翡！文翡……」

主臥房的門驀地從外頭被打開，一名身材修長、穿著西裝，步伐如風的女子快步衝進來，卻因眼前景象震驚停步。

「文翡？」女子看著似是環抱孩子沉睡的人，強迫自己邁出的每一步就像灌了鉛，沉重且緩慢。「文翡，我來了……我……」

死亡帶走姜文翡的力氣，鬆開擁抱孩子的手往旁邊倒。

鄒明豔箭步衝向床榻，接住無力傾倒的身子。

懷中冰涼的身體是死亡的證明，再多的懊悔、憾恨都改變不了既定的事實，喚不回逝去的生命。

鄒明豔顫著手撫摸懷中人的臉，重複呢喃昔日戀人的名字，一次又一次，彷彿這樣就能喚醒懷中的人，碎語般的呢喃到最後變成悲慟的哭泣。

這一年，六歲的范姜睿臣明白了幾件事——

心機

母親最愛的不是父親。
母親最掛念的不是他。
還有……
死亡最可怕的，是它的無法挽回。

第一章

銀灰色的廂型車停在等待綠後，一如其他車輛等待紅綠燈變換，看似如常，沒有人想得到車裡正在上演綁架的戲碼。

頭部劇烈的疼痛將十歲的范姜睿臣從黑暗中拉回現實，睜開眼，目光所及之處仍是黑暗，脖子上的壓迫感和呼吸間布料的潮溼味告知頭被套住的事實。范姜睿臣的手腳也遭反綁，動都不能動，混亂的腦內思緒亂成一團，直到急躁陌生的聲音傳來，他害怕得屏住呼吸。

「幹！白痴，叫你們抓一個，給我抓兩個……買一送一哦，幹！」

「一路上念念有空沒完！那個死小鬼一直纏著我，不帶走難道讓他找人報警！催催催，綁人的是我們，這兩隻小鬼多難抓你知道嗎！就知道催……」

范姜睿臣想起昏迷前的事。

心機

※※※※※

「等等我！」

范姜睿臣對身後的聲音假裝沒聽見，加快步伐。

前陣子爺爺帶不知在外頭跟誰生的小兒子回大宅，他多了一個小他三歲卻高他五公分的七叔，然後……那個七歲的叔叔轉到他念的小學，從第一天上學就每節下課跑來找他，連放學也不放過他。

在范哲睿身後不遠處，范維夏頂著一張帶笑彌勒佛的圓臉和肉多多圓滾滾的福態身子朝甫出校門的范姜睿臣走去。仗著身高之勢，他的一步是范姜睿臣的一點三步，沒多久就來到范姜睿臣身邊。

「為什麼不等我？爸爸說我們應該一起回家……」范維夏邊說邊張望四周，「司機叔叔還沒來嗎？爸爸說我們應該等司機叔叔來接我們。」

吵死了……范姜睿臣加快腳步，繼續往前走。

「你不想坐車嗎？」彌勒佛……不，是范維夏彷彿沒有感覺到范姜睿臣的排斥，在自問自答中自得其樂，時而皺眉、時而哈哈大笑，也不知道有什麼好開心。「我也不喜歡坐車……」范維夏說著，似是想起什麼，笑容微斂。

范姜睿臣沒有追問，也沒有興趣知道，加大步伐試圖拉開距離。可惜一寸長一寸強，三公分的身高差，註定他甩不開范維夏這個黏皮糖，只能板著臉，生悶氣走路。

范姜睿臣任憑范維夏在身邊吱吱喳喳，他轉出巷口時，撞到一個人。

范姜睿臣抿脣，被范維夏纏得有些情緒，沒注意到對方的打扮或相貌，繞過對方繼續走，黏皮糖范維夏自然跟上。

「范姜睿臣！」

范姜睿臣、范維夏同時回頭。下一秒，一道黑影猛地襲來，摀住范姜睿臣口鼻，聞到一股帶著甜味的刺激怪味，整個人就昏了過去。

※※※※※

范姜睿臣想起一切，想起纏人的范維夏。

他們剛說買一送一……他也在車上嗎？

正當他這麼想的當頭，廂型車忽然一個急速迴轉，范姜睿臣因離心力滾到一側，緊接著一坨……沒錯，就是一坨！一坨像棉花般柔軟但跟鉛一樣沉重的物體輾壓到他身上，沉重得讓范姜睿臣差點沒辦法換氣。

他知道范維夏胖，但沒想到這麼重！是誰說他小時候胖不是胖的？大伯？三叔？還是五姨？三嬸？超過三十公斤了吧？

實打實的體重壓在身上，范姜睿臣一陣猛咳，體內的空氣都快被范維夏擠光了。

還來不及緩過氣，車子忽然急剎，范姜睿臣因作用力滾動，壓在范維夏身上，一壓還一壓，大家扯平。

「唔……」范姜睿臣聽見悶哼聲。

「幹！開幾年車了還這麼爛！」歹徒之一不爽發聲。

下一刻，范姜睿臣被拉扯起來，被半拖半拉地帶下車往某個地方走。

范姜睿臣想冷靜，卻止不住害怕，就算再怎麼早熟聰慧，正在經歷的一切也超出他所能理解的範圍。

他只是個十歲的孩子。

※※※※※

突然明亮的環境刺痛范姜睿臣的眼。

等不適感消滅後再睜開眼，范姜睿臣看見自己身處的空間狹窄簡陋，只有一張床和一張桌子、一張椅子，顯然就是為他一人準備。

范維夏則是意外，就如他突然被爺爺帶回家說是他叔叔一樣。

「你有沒有怎麼樣？」有點大舌頭的聲音拉回范姜睿臣心神。「有沒有受傷？」

范姜睿臣轉頭看，訝異愣了下才開口：「受傷的是你吧？」掌摑的指痕印在白饅頭般的圓臉，鼻孔處有凌亂暗紅的血漬，勉強揚笑外露的牙縫間殘留血絲。

范維夏說話大舌頭就是拜臉上那記巴掌所賜。

「我沒事，不痛。」饅頭臉微笑，得意地繼續道：「他們抓你、拿黑色的布套你頭，我有抓住那個人用力咬他，咬很用力，幫你報仇！」范維夏說得義憤填膺、眼睛發亮，搞不清楚狀況的他驗證了「無知是謂勇」的真理。

范姜睿臣皺眉，不知為什麼看見他的笑容、聽見他的話就覺得生氣。好像只有他在怕，對於范維夏幫他報仇一事完全沒有感激之情。

「叫你不要跟著我，你偏要跟，活該。」范姜睿臣一邊說一邊打量四周，一面牆上有個狹長的氣窗。

「你在幹麼？」

翻白眼。被綁架還能幹麼？「想辦法求救。」

「你不怕嗎？」

「怕什麼。」范姜睿臣說完還多加一聲嗤，表現自己的淡定從容。

「你好勇敢……他們為什麼要抓我們？」

小小的得意湧上范姜睿臣心頭，就是面癱看不出。「要錢。」

「我只有五十塊，你呢？」范維夏板著小臉，很認真。

「……」開玩笑的吧？

「你有多少？都給他們，我們就可以回家了對吧？」

「……」他是說真的。「……他們要用我們跟大人換錢，很多很多錢。」

「很多是多多？」

「……好幾千萬。」

范維夏皺眉，陷入深深的困惑。「很多錢？」原諒小一生沒有千萬的概念。

「……可以買很多麥當勞，堆得像……陽明山一樣高的麥當勞。」上週才校外教學，應該有印象吧？

范維夏震驚了。「這麼多！」白饅頭歪著腦袋想了想，露出驚恐的表情，湊近他身邊，板著圓臉小小聲地說出自己的結論：「我們被綁架了。」

「……」范姜睿臣有點明白鄒明豔常對他說的「只長個兒不長腦」這句話是什麼意思了。

「為什麼要綁架我們？我們家又沒有錢。」

「你爸很有錢。」

饅頭臉繼續他充滿問號的表情，對於自己是范家人一點概念都沒有。

笨蛋，怎麼說都聽不懂。范姜睿臣打量著氣窗，窗太高，自己什麼都不能做，只能等。

范姜睿臣決定放過自己，走到床邊抖抖被單，確認床鋪還算乾淨，范姜睿臣踮腳爬上床，背對范維夏躺下。

不要怪他為什麼反應如此淡定，甚至在被綁架的當時一點掙扎都沒有。

一切都來自鄒明豔的指導。雖然有人說是他的神仙教母、有人說是垂簾聽政的慈禧太后，但對他來說，更貼切的是——

可怕的鬼婆婆！

※※※※※

「不要掙扎！」

鄒明豔假扮歹徒，抓準不會窒息但很痛苦的力道勾勒住小孩脖子，一點都沒在客氣，口氣凶惡：「再動我就勒死你！」

范姜睿臣咬牙，指甲陷進鄒明豔勒脖的手臂，發現鄒明豔也收緊勒人的力道。

她是來真的！

對死亡的害怕讓范姜睿臣不得不乖乖聽話，放鬆全身肌肉，任憑鄒明豔勒他。

「很好，就是這樣。」鄒明豔鬆開手，扳過他身子面對自己。「現在的你就像西遊記裡的唐三藏，所有的妖怪都想吃你的肉、啃你的骨，綁架這種事對今後的你來說會是家常便飯，所以……屁孩不要當自己是超人，打不贏就認輸，收回錯誤的抵抗先保住命，平安歸來再說。」

范姜睿臣皺眉，小小的臉上寫滿憤世嫉俗。

他才六歲，久病的媽媽才帶他搬回娘家，爸爸立刻迎進新歡……與其說是新歡，不如說是舊愛，否則不會有大他一個月的哥哥范哲睿——聽說，他出生就按照范家祖譜的排序，以「睿」字輩取名……

換句話說，范家人早默許他的存在。

他不知道媽媽病況突然加重是不是跟這件事有關，只知道沒有人站在他這邊，除了鄒明豔。

母親的後事因為有她爭取，不至於草草了事；但——

他最不想要的就是她。

「你乖，過來。」鄒明豔招手。

范姜睿臣倔強別過臉，不看她。

最討厭她了！如果不是她，媽媽不會傷心難過、不會嫁給爸爸；沒有嫁給爸爸就不會生下他，更不會有今天的一切，他不會這麼不快樂！

同樣是六歲，別人可以開開心心跟爸爸媽媽在一起，想哭想鬧想玩都可以，為什麼他就不行！

「因為你是范家和姜家聯姻的產物。」鄒明豔殘忍地點出事實：「你是姜家財產的唯一繼承人，姜家又是范家汎亞集團最大的股東，偏偏這筆財產被你媽交付信託，受託人是我……不要怪你媽，如果不這樣你死得更快，雖然現在這樣也沒多好，至少你能活到二十五歲，至於二十五歲之後……看你本事。」

姜文翡的信託說寬厚也苛刻。如果受益人范姜睿臣二十五歲前不幸早逝，財產全數捐做公益；滿二十五歲但能力不足以操控整筆信託的財產，幾十億的信託財產將由鄒明豔掌管，范姜睿臣可以做個庸庸碌碌的富二代，一輩子衣食無虞，直到老死；倘若他有能力，財產全數記入他名下，成為姜家真正的繼承人。

不管哪個，他都是別人羨慕的對象，但後者……還多一個命在旦夕的危險。咬在范家人嘴裡的肉，怎麼可能輕易吐還給姜家。

范姜睿臣的出生，就註定他這輩子的不平靜。

「不要期待在范家找到溫暖，小鬼，就算是你爺爺，都要小心；你媽會那麼早就過世，他有一半的責任。」鄒明豔不客氣地提醒范姜睿臣自己不是在父母期待下出生的孩子，而是利益結合下的產物，給自己贏來一道冰冷的視線。

就是這樣，在范家，太多溫情只會讓他死得更快。心愛的人已經香消玉殞，她至少要保住她遺留的骨血。

「不甘願，想報仇，就努力念書、努力長大，你會大，他們會老。拳怕少壯，等你拳頭硬了，再讓他們生不如死。」

范姜睿臣摀著疼痛的脖子，脾氣未消，差點休克的衝擊、害怕仍未褪去，他氣自己膽小，更討厭鄒明豔的張狂。

「第一個就是妳。」

「不要讓我等太久啊。」

鄒明豔綻笑，整個人像朵夏季盛開的月季，明亮、豔麗，讓人無法忽視。

※※※※※

「你在幹什麼？」

窸窸窣窣的聲音引范姜睿臣翻身面對范維夏，就見一團白麵糰在氣窗下的牆壁蠕動，忍不住好奇。

肚子癢用手抓就好了，幹麼磨蹭牆壁？

「噓……小聲點，我在想辦法逃出去。」范維夏鄭重握緊范姜睿臣的手，「你放心，我會救你出去。」

「……」饅頭臉再認真、姿態再硬……還是顆饅頭。「過來。」

「等一下，我快碰到窗戶了。」

范姜睿臣看著范維夏還在地上的腳，不曉得他哪來的錯覺。

「你乖，過來。」范姜睿臣不自覺學起鄒明豔，抬起小手招人來。

范維夏轉身，饅頭臉皺成小籠包，軟綿地抗議：「我是叔叔，你不可以這樣跟我說話。」

「過來啦。」童稚的聲音努力強硬。

「……叫叔叔……他們說你應該叫我叔叔。」好委屈，他是長輩的。

「侄子」生氣了。「你過不過來！」

「……」「叔叔」放棄爬牆，拉拉磨蹭牆壁扯得過低的褲子，走到床邊。「幹麼？」

「上來。」

「叔叔」輕鬆地一屁股就坐上床腳偏高的床墊，再度氣到「侄子」。

不公平，沒腦袋的人竟然長得比他高！

「你躺這邊。」范姜睿臣拍拍靠牆那側的床位。

「我躺外面……好……」「叔叔」再度敗北在「侄子」的威壓。「你好愛生氣。」

「再說話我就不理你。」

露餡的小籠包閉上嘴，悶悶爬過范姜睿臣的身體，躺在牆壁和「侄子」之間，仍不忘自己身為長輩要照顧晚輩的責任，調整姿勢側躺將比自己小隻的「侄子」摟進懷裡拍拍，用他理解的方式安撫。

像是忽然陷入一個柔軟的床鋪，范姜睿臣很難說清楚這時的感受。范維夏讓他想起床上那隻和他一樣大的泰迪熊布偶，不同的是，眼前這隻有溫度、會主動抱他。

「不要怕。」范維夏學大人摸摸范姜睿臣的頭。

范姜睿臣無言，只覺眼眶酸澀，咬緊下唇壓抑情緒，拍開頭上那隻又暖又軟的手掌。「是你怕！」

「嗯，我怕，但是有你在就不怕。」范維夏說著，拍撫懷中孩子的背，謹記得自己是叔叔要照顧小朋友，忘記自己是更小的朋友。「睡吧。」

范維夏的拍撫讓范姜睿臣怔忡，上一個對他這麼做的人，是他母親，也一直只有他母親。

怔忡間，聽見五音不全的歌聲：

「乖乖睡……我寶貝……窗外天已黑……」

感動瞬間碎裂。范姜睿臣傻眼，他只是不想范維夏一直鬧，惹壞人生氣，為什麼變成這樣？

但不知為何，范姜睿臣沒有再拍開他的手。

絕對不是因為喜歡，而是……一時驚訝，還有始作俑者睡得太快，讓他來不及抵抗這種怪異的感覺。

規律的拍撫與歌聲乍停，范姜睿臣聽見小小的鼾聲。

要哄別人睡的人自己先睡著了……搞什麼東西！

這次回去，他不會再挑食拒喝牛奶，范姜睿臣暗想。

一定要長得比范維夏高！他發誓！

※※※※※

相較於被綁的肉票因為意外的插花小鬼讓整個綁架案有點走味，鄒明豔這邊獲知消息的反應才叫正常。

火紅的身影快速穿越等待指令的下屬，來到自家公司的中控室。

「他們抓走目標之後，中途兩度換車……是行家。」

鄒明豔冷笑。「他們未免太低估這個城市的監視器覆蓋率……沿線的監視器畫面調集了沒！」

電腦前的人員緊盯傳送率進度條達到百分之百。「全到了！已經切換到螢幕上。」十幾臺螢幕瞬間切換，從范姜睿臣的小學開始沿路監視器畫面，百無一漏。

鄒明豔看著畫面，視線緊盯廂型車穿梭巷弄的路線，從銀灰色到白色又換成藍色，車子一路朝西離開市區。

「范家那邊有沒有什麼反應？」

「……何芳君接的電話，范家和到目前還不知情，范家人也沒有動靜。」特助渾厚的聲音如是道。

「這就有趣了……」鄒明豔露出玩味的表情。

她會說還是「不小心」忘記？

沒有范姜睿臣，她兒子才有上位的機會，叫……范哲睿是吧那孩子。

「清查西邊郊區的每一棟房子，就算把地翻過來，也要找到那個小鬼……早知道就帶他去打晶片！」著惱的抱怨隱藏真摯的關心，可惜曲高和寡，沒有多少人懂。

認真的特助露出為難的表情。「老闆，狗才能打晶片。」

鄒明豔緩緩轉頭，露出璀璨的微笑。「你，帶一隊人去現場搜索。」

讓你再吐槽啊！找死……

※※※※※

咕嚕嚕……

恍惚之間聽見越來越響亮的腹鳴聲，范姜睿臣緩緩睜開眼，才意識到自己不知何時睡著，還是在饅頭的懷抱裡。

入夜後的囚牢沒有燈，氣窗處斜入的月色落在他們的床鋪，帶來微弱的光芒。

范姜睿臣試著掙開懷抱，額頭忽然感覺到溼意。抬頭一看，饅頭臉嘴角掛著一條映照月光的銀色唾線，充分說明饅頭睡得很好。

范姜睿臣坐起身看著還在打呼的范維夏發愣，不緊張、不害怕。除了鄒明豔之前的訓練之外，身邊多一個活寶的饅頭也有影響，一路忙著應付他慢半拍的反應，沒時間害怕。

能不能活著出去？

會不會有人來救他？

范姜睿臣不知道。

母親帶他回到姜家老宅之後，他的父親范家和就接回在外面的女人和兒子在隸屬范家的房產生活。母親過世之後，留他一個六歲的小孩獨自住在姜家大宅，由范老太爺親自指派負責照顧、教導的人員，圍繞在范姜睿臣身邊的都是拿錢辦事的人，如果不是范老太爺看重這個孫子，誰會好聲好氣伺候？這種堆砌在金錢上的關係，誰會付出真心關懷？

在范姜睿臣的認知裡，就連鄒明豔也不會關心自己。那個女人在乎的，只有母親留給她的請託，會看顧他，是因為他是母親的孩子。

沒有人真的關心他，沒有……

就在孩子越想越悲憤的時候，身邊人突然翻身，一手一腳連同半個肉肉的身體壓境，相對單薄的范姜睿臣頂不住突來的壓力，咳出聲。

壓在他胸上的肉肉手拍撫他胸口，范姜睿臣抬眼看去，手的主人還在嬰嬰睏，一暝大一寸。

范姜睿臣愣愣看著閉眼的圓胖臉。

隱隱約約，氣窗處傳來敲擊的微響。

范姜睿臣回神，循聲望去，看見鄒明豔隨身特助的臉。

特助早有準備，叫人劃開玻璃窗，拜精密設備之賜，開窗過程寂靜無聲。

唯一有的聲音來自范姜睿臣後方。

「好厲害……」范維夏不知何時醒來，眼睛發亮地看著窗戶。

氣窗的大小僅供兒童出入，特助只能放下繩梯，招手示意兩人爬上來。

「快點啦。」范姜睿臣拉著范維夏到繩梯前，俐落地爬上去。

就在范姜睿臣一手攀住窗櫺，正要伸出另一手交給特助時，門從外頭打開。

「幹！」

歹徒咒罵一聲，立刻衝上去，伸手似是要阻止，忽然一道黑影撲來阻止歹徒的動作，是范維夏！

范姜睿臣來不及反應，被特助拉出窗外。「撤！」

「不行！救他！」

「撤！」特助冷血下命。

他們不是姜家的人，一行人的目標是救出范姜睿臣，達成任務是他們的唯一使命，目標以外的范維夏死活與他們無關。

他們的頂頭上司是鄒明豔，不是這個十歲的孩子，不聽話並非失職。

被特助挾帶跑的范姜睿臣回頭看，看不見裡頭狀況，只聽到歹徒凶狠的咒罵聲和紊亂的跑步聲，還有重物撞牆聲。

「救他啊！去救他……范維夏！」

※※※※※

痛……

劇烈的疼痛充斥胸腔，每一口呼吸都讓范維夏痛到寧可不呼吸、也不要這種無法解脫的痛苦。

一根、兩根……他傷到第七、第八、第十根肋骨，范維夏篤定地想。這種疼痛的程度……應該是側面肋骨骨折，從醫多年的經驗讓他雖然身體未醒，清楚的意識還是能準確判斷自己的狀態。

還好沒有傷及內臟。范維夏不知道該慶幸自己命不該絕，還是無奈自己怎麼又活下來……

這意味著他要繼續守住那個人留給他的一切，延續那人未竟的計畫……

是幸福，為了不辜負那人的期待活著，身邊充滿他留下的事物。

卻也痛苦。不能追尋那個人的腳步死去，只能自己獨留在兩人曾經共處的房子。

曾經故意裝不懂逃避的感情，上天用那人的死做為他醒悟的代價，用一輩子的悔恨做懲罰，如果可以重來一次……

「范維夏……」

童稚的聲音飄進范維夏耳裡，打斷他思緒。

「你再不醒……我就不理你，不讓你跟在後面，不跟你一起上學，也不跟你一起回家，不會跟你說話……」

范維夏聽得一頭霧水。最後的記憶停留在一場爆炸。

凶手太多了，范家除了范哲睿跟沒有行為能力的新生兒，每個人都有殺他的動機。

范姜睿臣遇害前早有安排，若他意外身亡，他名下所有財產、連同范家全部產業都會交付信託，部分收益支付范家人生活所需，大多收益歸屬他和他所負責的醫療救護基金會。

讓范家人眼睜睜看著范家產業蓬勃發展，卻只能領生活所需的金錢，吃不飽餓不死地過日子，就像把肥肉吊在一群豺狼碰不到的樹上——這是范姜睿臣對范家人最惡意的安排。

范姜睿臣做足一切發生意外後的準備，卻沒料到高傲的范家人被折辱到狗急跳牆，遷怒算計他。

雖然有義雲盟在背後遵照范姜睿臣的遺言保護他，但百密總有一疏——他躲過追殺，卻沒逃過爆炸。

幕後的那個人炸了他跟范姜睿臣的家。

爆炸當時他皮膚遭烈焰灼燒滋滋作響聲音猶在耳畔，瞬間感覺到皮膚崩裂、骨頭扭曲斷裂的劇痛這輩子也忘不掉。

明明那麼痛，為什麼只有三根肋骨骨折、腦震盪？

不對，更確切的問題是——

他為什麼還活著？

※※※※※

為什麼還不醒！

范姜睿臣像小老頭一樣嚴肅地皺著眉，氣惱瞪視病床上的范維夏，一會轉身邁步離開，卻在移開一步時停住，折返坐在床邊的椅子盯著范維夏。

一會，范姜睿臣起身，踮腳拿起床頭櫃上的毛巾，擦拭范維夏額頭的汗。

「你已經睡一個禮拜了……到底什麼時候要醒……」

床上的范維夏依然沒有反應。儀器運作聲迴盪室內，規律單調得讓人莫名煩躁、害怕。

范姜睿臣眉頭皺得更緊，出口的聲音摻雜害怕的微顫：

「你睜開眼睛……你醒來我就理你，以後跟你一起去學校、一起回家、跟你說話……只要你醒……」語末，添了泣音。

他還太小，無法承受目擊第二次死亡。

范姜睿臣還想說什麼時聽見開門窸窣聲，立刻超齡地深吸口氣，板著木然的表情彷彿對眼前的人無動於衷，沒意識到微紅的眼眶洩漏他真實的情緒。

「爺爺。」

范姜睿臣迎上前，半牽半握住范老太爺的手，陪他走到床邊的椅子坐下。

「你小叔叔醒過嗎？」

「……沒有。」

范老太爺聽出孫子話中的失落，訝異地移眸看他。

在姜文翡死後，他第一次看見孫子情緒外露，因為他最近追認回范家的小兒子。是年紀相近的關係嗎？

范老太爺看向病床上的范維夏，看著他討喜的饅頭臉，回想起初見面時觀察到那軟綿無害的個性，還有手下回報，為了保護范姜睿臣跟歹徒死磕的耿直性情，思忖著也許最適合放在防備心強的范姜睿臣身邊……

前提是這孩子能醒。來之前他去找過醫生，醫生要他有心理準備，如果今晚再不醒，很可能一輩子都不會醒來。

范老太爺沉了口氣，聽見范維夏輕微的呻吟聲，驚訝看去，病床上熟睡不醒的小兒子露出痛苦的表情。

「維夏……」范老太爺難得激動，站起身走近病床要呼喚兒子，小小的身影先一步搶走他的位置。

「范維夏！」

范維夏強迫自己睜開眼睛，沒想到第一眼會看見小孩子，還來不及驚訝又看見記憶中因為發現兩人關係氣死的范老太爺，差點沒嚇到昏死，把命還給老天爺。

為什麼？為什麼他會看見和范姜睿臣小時候一模一樣的臉，還有應該早就辭世卻更年輕的老太爺！

他是活著還是死了？范維夏搞不清楚狀況。

「維夏……記得我是誰嗎？」

范維夏拉回被疼痛打散的心神，再度看向范老太爺，虛弱無力地呼喚：

「……爺……」

似委屈、似撒嬌的聲音柔化了老人素來冷硬的心，露出兒子劫後餘生的喜悅，輕拍他手臂。

「醒來就好，沒事了。」

范維夏露出虛弱的微笑，移目看向一旁抿脣不語的范姜睿臣，看見他額髮處的痣，訝異瞪大眼。

臉一樣就算了，痣的位置都一樣是哪招？

范維夏喉間一陣哽塞，顫抖的脣緩緩張開，說出光想就痛徹心肺、只敢藏在內心深處絕口不提的名字。

「阿臣……」

范姜睿臣愣住，第一次聽見這麼親暱的呼喚，就連母親都沒有這樣叫過他，板起來的臉像是生氣，耳尖的微紅透露生澀的羞赧。

范維夏重複呢喃只有他跟范姜睿臣知道的小名，伸長手抓住范姜睿臣衣角，用盡力氣表達死也不放的決心。

「不要走……」范維夏虛弱地說著，意識到自己發生了什麼事，不顧身體疼痛，執拗地緊抓范姜睿臣衣角不放。「不要留我一個人……」

重活一世，他不要再經歷一次死別！

第二章

「既然要重生也要挑好時間啊……」

范維夏第N次攬鏡自照，對著鏡中的人形饅頭嘆氣又嘆氣。

「什麼時候不挑，挑我最尷尬的黑暗時期……」

范維夏咳聲嘆氣打量鏡中的自己。

從雙眼皮胖成單眼皮不容易，他到底是怎麼變胖的？范維夏想了十秒鐘，還是想不起來，小時候的他挺傻的，人家餵就吃，直到高一遇見范姜睿臣，被他刺激到才下定決心減肥、用功讀書。

「好不容易才讓你答應我搬過來一起住，我不會再犯同樣的錯……」范維夏呢喃，神情堅決，彷彿是在對自己發誓。

上輩子的他在綁架事件之後害怕范姜睿臣，不敢再纏著他，於是他回范家住，范姜睿臣獨自住在姜家大宅。

兩人再見面是在范姜睿臣十八歲的生日宴會上，因為看不慣范姜睿臣的三叔、也就是他三哥范家鴻對范姜睿臣的言語暴力，他衝動上前為范姜睿臣說話，才打開兩人僵局。一來二往，兩人越走越近，感情也越走越偏。

終於有一天，范姜睿臣戳破兩人之間曖昧緊繃的包裝紙，而他卻因為擔心家族、擔心范姜睿臣的未來，選擇壓抑逃避，導致後來天人永隔的憾事。

這輩子他不這麼做了。他要陪著范姜睿臣，跟他一起生活、一起長大，利用重活一世的優勢保護范姜睿臣度過英年早逝的噩運，回應他對自己的深情。

這輩子，他不會再為了任何理由壓抑自己對范姜睿臣的感情。

一輩子的生離死別已足夠教訓。

此時的他被自己充滿幹勁的決定補滿血槽，抬頭正視鏡中的自己。

身高一百三十七點三公分、體重四十八……住院期間因為受傷減少的體重在休養進補期間又胖了回來，還因為溜溜球效應多了三公斤……

不能不面對自己需要減重的事實。

范維夏捏捏腰間三層肉，白饅頭般的圓臉流露中年大叔的無奈表情，感嘆。

擺明就一個三高危險群的身體，不用等范姜睿臣嫌棄，他就先為自己的健康擔憂。

范維夏憑藉上一世的醫學專業，在心裡盤算整套高效能的減肥計畫。

就在這時，外頭有人敲門，傳來管家周嬸淡漠疏離的詢問：

「少爺問您準備好、可以用餐了嗎？」

隸屬姜文翡的姜家大宅裡，配置的所有人員只認范姜睿臣為主，范維夏只是個被邀請來的客人。因為身分敏感又尷尬，住了三天，這裡的幫傭還是找不到適合的稱呼法，又或者，不被認為是個問題。

早晚要離開的人，想這個問題浪費腦力。

「好了！」

范維夏連忙應聲，邁開胖胖腿拿起書包衝出房間，用他個人覺得很快但旁人看來龜速的腳步趕去飯廳。

范姜睿臣正襟危坐在主位，神情嚴肅地盯著面前的早餐，眉頭微皺。

「阿臣早安！」

范姜睿臣循聲看去，就見范維夏拎著書包、扶著欄杆小心翼翼、搖搖晃晃走下樓，身形就像他在澳洲墨爾本菲利浦島看見、正上岸要歸巢的企鵝，腳步凌亂匆忙，好不容易完成最驚險的樓梯大關，卻趴倒在平坦的地面瓷磚，功虧一簣。

重新回到小胖仔的歲月加上傷重剛出院，范維夏還在尋找自己身體的重心，終於落坐飯桌前，他的額頭已經沁出不少汗，呼吸微喘。

「早安！」鍥而不捨地再次打招呼，范維夏一臉期待的星星眼盯著范姜睿臣。

又來了。范姜睿臣抿脣，倔強不回應的態度在和星星眼僵持五秒後敗北。「……早安。」出口招呼的兩個字，就像范姜睿臣逼自己喝的牛奶一樣，不甘願又不得不。

「這樣才對。早上要說早安，中午要說午安，晚上要說晚安，回家要說我回來了……」意識到自己說話太成熟，范維夏連忙改變口氣。「老師說要打招呼才是乖寶寶。」范維夏試著用奶聲奶氣的腔調說話，肉麻到手臂起雞皮疙瘩。

「哪裡來的小保母，這麼會說教。」

鄒明豔！范維夏聽出聲音的主人，身體無法控制地抖了一下。

你真的為范姜好就離開他、不要變成他的負擔……

前世他無法面對不倫、悖德的愧疚，狠狠拒絕范姜睿臣的追求，甚至相信她的話，拜託同事幫忙，想騙范姜睿臣死心，沒想到反而激怒范姜睿臣，親自將他帶回姜家大宅變成禁臠；那時的他過不去心裡的坎，也不知道范姜睿臣的處境有多難多凶險，力抗到底，傷害著范姜睿臣而不自知。

那時的他們彼此傷害同時又矛盾地互相取暖，就像兩隻刺蝟，每次擁抱都帶來錐心的疼痛卻誰也不願意放手。

僵持的幾年間，他們經歷太多事……范姜睿臣接班、鄒明豔過世，范姜睿臣因為他們的事曝光陷入危機……一如鄒明豔的預言，他成了范姜睿臣的累贅。

他拜託鄒明豔的特助幫忙，在他的安排下逃離，卻也因此讓人有機可乘。

范姜睿臣在追他的路上出事，得年三十七歲。

不是意外，而是人為。

之後他棄醫從商，接管范姜睿臣的一切，在鄒明豔的特助幫助下，按照范姜睿臣的計畫控制范家的一切，跟范家死磕，回敬他們對范姜睿臣所做的事，直到他死。

後來的發展……他不知道，當時的他還沒有立下遺囑，但以鄒明豔的特助在老闆離世後依然盡忠職守的態度來看，應該會貫徹老闆的意志到底，范家肯定沒有好果子吃，說不定就此在商界消失也有可能。

一個彈指拉回范維夏注意力，這才發現鄒明豔坐在他對面，嚇得他往後撞進椅背，差點連人帶椅往後翻。

幸好管家大人真機靈，及時扶住——如果忽略扶住他瞬間的悶哼和踉蹌。

「你該減肥了，小胖胖。」

重砲轟中范維夏死穴，苦了一張小臉。「我知道，鄒姨。」

鄒明豔揚笑。沒有比較沒有傷害，這才是真正的小孩吧，喜怒哀樂全寫在臉上，哪像范姜睿臣，面無表情得讓人懷疑主位被放了座雕像。

明亮帶媚的笑容忽地一頓，低頭看范維夏。「你剛叫我什麼？」

范姜睿臣也敏銳地看向范維夏。

「我跟你第一次見面吧，胖胖？」

糟，露餡。范維夏佯裝鎮定。

「爸爸說過妳……」

「范老頭說我什麼？」

「說妳……貌、貌、貌美如花……」

「小鬼，有前途。這麼小就會說謊。」對她這個姜家的遺產受託人，范老太爺會說她好話才有鬼。

還有下文啊小姐。范維夏希望她不要問。

「還有呢。」

唉……躲得了初一避不過十五。嚥了嚥口水：「……心、心如蛇、蛇……」

鄒明豔挑眉。「行了，不為難你，乖。」摸摸小饅頭圓圓的頭頂，來回打量兩個孩子，思忖了會，看向范姜睿臣。

「你確定？」要讓他留在這？

「我答應了。」范姜睿臣說完，皺眉喝著討厭的牛奶，視線透過杯子看著正在吃蛋的范維夏，繼續喝，直到見底。

「想過後果嗎？」

范姜睿臣再度看向范維夏。

如果不是他擋住要抓他的壞人，他不會成功逃跑。

他保護他，因為這樣受了很重的傷，在醫院住了一個多月，好不容易醒來，第一件事就是拉著他，叫他不要走，說要跟他在一起，還哭得好大聲、好久……

「不知道。」

「你能負責？」

「不知道。」

這樣逼問一個孩子會不會太過分！范維夏怒瞪步步進逼的鄒明豔。

這就是范姜睿臣從小就生活的環境？也難怪他性格那麼扭曲、總是一臉陰鬱、拒人於千里之外。

母親早逝，四周都是忌憚他或算計他的大人……

范維夏更確定自己搬進姜家大宅是再對不過的事。

「你們在說什麼啊？」

他故意裝天真地發言，可惜，被徹底無視。

「如果我說不行呢？」

范姜睿臣終於喝完牛奶，冷冷看向鄒明豔。「這裡是我家。」

「范姜——」

「我吃飽了！」

一聲大喊打斷一大一小將起的爭執。范維夏拿起自己的書包，抓住范姜睿臣的手往外衝。「上學要遲到了！鄒姨再見！」末了不忘禮貌道別。

禮貌是基本態度，賞不賞臉是對方的問題，不在他考量範圍。

范姜睿臣突然被牽著跑，猝不及防，只能跟著范維夏的腳步。

胖胖、肉肉、小得還不足以包覆他手的掌心有著不可思議的柔軟與熱度，執拗地拉著他跑出屋外。

隔開內外的大門打開瞬間，陽光刺痛范姜睿臣的眼，他訝異發現陽光的熱度比不上范維夏掌心的溫度，以及遭綁時范維夏擁他入睡的懷抱。

范維夏回頭，瞅見陽光下范姜睿臣瞇眼的神情。

他十歲，自己七歲……他們還是小孩子。

不管自己是為什麼又回到這個時候，這次……

范維夏握緊手中的小手。

他不會逃避，也不會放開！

絕不！

※※※※※

童稚的朗讀聲迴盪在二年三班的教室，坐在最後一排最後一個的范維夏正埋頭苦幹，振筆疾書寫著上一世和范姜睿臣的重要大事。

這真的不能怪他，要一個外科醫師再回到小學二年級念ㄅㄆㄇㄈ實在太為難，還不如把時間用在更美好的事物上。

范維夏寫了一會，陷入沉思，胖胖指頭習慣性地敲著桌面卻無聲無息。肉，是最好的消音設備；不信，看貓的肉掌就知道。

上輩子他跟范姜睿臣沒有太多交集，范姜睿臣獨自住在姜家大宅，他則與范家族人一起住在老家。

他被帶回范家的第一天，正好是他二哥范家和帶著再婚妻子和他們的兒子、也就是范姜睿臣的哥哥范哲睿回本家的日子。

三個年紀不相上下的孩子初相見，各自代表著一種尷尬。

他的父親是七旬的范家大家長，他的存在證明老人家雄風不減，之於他，一下子變成很多人的叔叔，還來不及長大賺錢就先欠下很多要給晚輩的紅包債；范姜睿臣的父母結婚在前，但他的父親在外面另有家庭，生下的范哲睿還大范姜睿臣一個月。

因為實在太尷尬，他們三個孩子怎麼樣也沒辦法玩在一起。最小的他曾經試著交朋友，范姜睿臣不買帳還非常討厭他；范哲睿倒還好，也挺照顧他這個七叔，比起范姜睿臣，那時候的他更偏向范哲睿，只要碰到就會結伴偷溜去玩。

大約是小五升小六的時候，范姜睿臣突然成績三級跳，小五跳國一，沒多久又跳高一，十八歲生日宴後便出國念書。二十二歲那年以接班人之姿回到臺灣，還是老太爺唯一指定。

從此，他聽說的，就是范姜睿臣和參與企業經營的族人之間茶壺內的風暴……

地位尷尬的他從沒想過要進入家族企業，和族人一爭長短。沒有按照族譜取名的他從一開始就不被列入體制內，他的未來不必跟范家綁在一起。

是幸，也不幸。范維夏從小得到的白眼和冷落不會比范哲睿少。

同是天涯尷尬人——他跟范哲睿的交情建立在同病相憐的基礎上，也因此跟范姜睿臣漸行漸遠，只有偶爾需要醫生的時候，范姜睿臣會傳喚他覲見。

他們有交集的次數屈指可數，是以他不明白范姜睿臣為什麼會喜歡自己，甚至可以說是過度偏執。

可惜，答案被留在上輩子的時間裡，成為永遠的懸案。

范維夏嘆了口氣，轉頭看隔著一個操場的大樓，那是五、六年級教室所在。

算算這個時間……

范維夏突然「啊」了一聲，打斷老師念課文的聲音。

「范維夏！上課喧譁，去外面罰站！」

老師凶殘說著，怒瞪破壞他上課節奏的頑皮學生。

※※※※※

「你要跳級？」

范老太爺訝異地看著自己還是很陌生的兒子。

如果要期待范老太爺對於自己老來得子、老當益壯有什麼想法或感覺，對他來說，跟族人的外遇醜聞、桃色糾紛一樣，都只是要處理的家族事務。

家族利益永遠凌駕個人之上──這是一家之主必須謹記的原則。

「你確定？」范老太爺打量著就派出的手下人觀察，給出「平庸無奇」四字結論的兒子。

范維夏愣了下，上次聽到這三個字是從鄒明豔口中說出，是不是像他們這樣強勢的人都習慣用夾帶威壓的反問回答問題？

話就不能好好說嗎？醫科直線男在心裡表示受不了。

「是的，爸……爸。」范維夏連忙改口疊字稱呼，努力裝成小朋友，用天真爛漫的口吻道：「二年級的功課好無聊，我想跟阿臣一起上課。」

范老太爺眯眼審視范維夏，似是在思考他話中的真假，一會，招手叫來特助。

「去安排一下。」

「是！」特助畢恭畢敬道。

※※※※※

「大家掌聲歡迎新同學范維夏加入我們班！」

班導帶頭鼓掌下，同學們一邊鼓掌，一邊帶著好奇目光打量臺上的新同學。

當然，不包括范姜睿臣。

他訝異看著臺上的范維夏，後者還開心地比出「V」的勝利手勢，朝著他笑。

私立名校加上金錢與權勢的力量，范維夏在最短的時間內接受智商測驗、能力測驗，成功跳級，被安排進范姜睿臣的班上。

雖然利用上輩子的記憶讓自己變成天才有作弊之嫌，但他實在沒有時間自然地長大，如果不盡快補上這三年的學級差距，只會越差越多，離他越來越遠。

「范維夏同學是跳級的資優生，比同學們小三歲，請大家幫老師一起照顧他，當好哥哥、好姊姊好嗎？」

底下驚訝聲不斷，議論著范維夏的年紀與身高，當然，還有身材。

雖然打從下定決心減肥後，他已經瘦了五公斤。

體重尚未達標，同志仍須努力。

講臺下，范姜睿臣隔壁同學注意到他的反應，好奇問：

「班長，你認識哦？」

「嗯。」范姜睿臣點頭，模糊回答，不想說得太直白，但他疏忽了另一個人的不配合度之高。

「阿臣，叔叔來了！跟你一起念書，有沒有很高興！」

這個笨蛋！

全班譁然，驚訝兩人的輩分，好奇心一路忍到下課，包圍在班導好心安排兩人同坐的桌位四周，七嘴八舌詢問輩分問題——

「小三歲也可以當叔叔？」

「可以啊，我爸爸是他爺爺哦……」

范姜睿臣氣悶。

「你叫班長阿臣哦……」

范維夏點頭，故意逗弄，當場示範。「阿臣、臣臣——」

范姜睿臣終於忍不住插話：「你閉嘴。」

「班長會叫叔叔嗎？」

「不會！」

「當叔叔好玩嗎？」

「不好玩，當叔叔要發紅包給人家，我欠他好多年了……」

范維夏有問必答，趁機打進同學們的小圈圈，樂於分享他個人當叔叔的感覺。

范姜睿臣也沒被晾在一邊，范維夏手臂一勾，拉著他一起和同學聊天。

一向高冷不太理人、又酷又帥、成績又好的班長難得加入大家的聊天室，同學們越聊越開心，直到上課鐘聲響，老師催大家回座位才解散。

范姜睿臣皺眉，不滿地瞪身邊的「新同學」。

范維夏回以一笑，一副「我很棒、求表揚」的模樣，氣得范姜睿臣不輕，哼聲別過臉不理他。

范姜睿臣難得有孩子氣的表現，范維夏感動地收錄在腦海裡。

拉扯他制服，小聲問：

「我的課本還沒來，跟你一起看好不好？」

范姜睿臣彷彿未聞，專心看講臺。

范維夏落了個自討沒趣，打量板著臉的范姜睿臣一會，鼓起勇氣試探地伸長手，將范姜睿臣的課本移到兩人中間。

范姜睿臣沒有拒絕，任范維夏移動到兩人中間。

真不生氣，真的要借他看？

范維夏是訝異的，記憶中的范姜睿臣小時候對人就很冷淡，也不喜歡人接近他。或許他誤會了，一如成人後他們之間積累的誤會。

※※※※※

晚餐時間，范姜睿臣和范維夏坐在餐桌前各自吃著食物。

范維夏咬著嘴裡的草，眼睛看的是范姜睿臣盤子裡的牛肉咖哩。

這小子……

自從他宣布要減肥開始，他就故意要周嬸做重口味的料理，從中式到西式，沒有一天放過他。

還故意慢條斯理夾起一塊牛肉當藝術品欣賞，再慢慢送進嘴裡吃……只要得意或高興，右眉眉角就會微揚，這個小習慣透露他餐桌禮儀下的壞心眼。

用食物虐待人算什麼英雄好漢，給差評！

「什麼是差評？」

范維夏回神，才意識到自己嘀咕得太大聲，說出了未來才有的字眼。

Google的網路評論從二〇〇七年六月開始發展，二〇〇一的現在應該還沒有這類的網路語言。

「什麼？我說的是差勁。」

范姜睿臣放下筷子，板起臉。「我差勁？」

「對啊，我在減肥你吃那麼好……」

「又不是我叫你減肥的。」

「也是……誰叫我這麼胖……」范維夏嘆了口氣，端起自己面前的一大碗草和餐具起身。

「你要去哪？」范姜睿臣反射性的問句夾帶自己不自覺的緊張。

「回房間吃啊，這樣我就不會聞到咖哩的味道，想吃了。」他擋不住，總可以躲吧。「想吃吃不到很痛苦的。」

「……」范姜睿臣看著盤中料理一會，抬頭對周嬸道：「撤下去，換跟他一樣的。」

「少爺還在發育，需要營養。」周嬸不認同，著惱地看向范維夏。

范維夏驚訝，在周嬸譴責的目光下趕緊道：「我是要減肥才這樣吃，你不用啊，你已經夠瘦了。」

范姜睿臣一旦下決定就不容易改變的執拗個性冒出頭，堅持：「我要吃跟他一樣的東西。」目光筆直看向范維夏。「吃飯就要坐在飯桌前面吃，這是規矩。」

范維夏先是一愣，幾秒後想通。

范姜睿臣不想一個人吃飯。

范維夏猜中九成，事實上應該說范姜睿臣討厭一個人吃飯。

從姜文翡臥病在床之後，他就是一個人用餐。縱然身邊有周嬸等管家或傭人，餐桌上就是他一個人，一直到范維夏搬進來之後。

媽媽教他食不語，范維夏卻常常邊吃邊說話，有時候還會一邊看書，看到有趣的地方還會笑噴出來，讓周嬸翻白眼。

坐也沒有坐相，常常會蹺腳或盤腿……

范維夏的餐桌禮儀很差，要是被鄒明豔看到，肯定一頓打。

但他就是……想看他沒規矩的樣子。

姜文翡死後，這孩子就一個人住在這裡，他搬進來才知道，他的老父親每週會過來看他兩次，留下來一起吃中飯，天黑前離開。不知道為什麼，除了老父親之外，范家人不太願意接近姜家大宅，就連范姜睿臣的父親、他的二哥范家和也不願意。

為什麼？

疑問油然而生的同時，他也心疼范姜睿臣。

上輩子的他童年傻乎乎地過，在成年開始有交集之前，他只關心自己，沒有在意過他，不知道他過的是什麼日子。

曾經餓過、被虐過……他剛開始住進范家的時候，因為怕有了這頓沒下頓，暴飲暴食，直到確定自己不會被趕走，才慢慢改變飲食習慣瘦下來。

「周嬸。」

「少爺。」

范姜睿臣和周嬸的對峙拉范維夏回神。

「我還是留在這吃吧，端上樓又要再拿下來，好累。」范維夏說著，一屁股坐回椅子上，繼續啃草。「快點吃，咖哩冷掉就不好吃了。」

范姜睿臣有點舉箸難定。

「我沒關係了，快吃。」

「……我分你一半。」范姜睿臣的話和動作幾乎同步，撥了一半的咖哩牛肉給他。

就算是范姜睿臣，小時候也是個天使啊……范維夏心中讚嘆。「我也分你一半！多吃青菜促進胃腸蠕動排便才順。」

「……」吃飯時間說到那個好嗎？范姜睿臣皺眉，再看咖哩，腦中浮現很不雅觀的畫面，突然沒胃口了起來。

「吃啊。」范維夏催促，渾然不覺自己說錯話，想到。「我也分你一半。」一來二去，攝取的熱量還在可控範圍。

范姜睿臣重新動箸，戳著食物。

「我們約好，以後都一起吃飯好不好？」范維夏提出邀約，沒錯過范姜睿臣瞬間閃過的驚喜表情。

「隨便你。」范姜睿臣低頭藏住自己的喜悅，卻藏不了右眉眉角微挑所暗示的喜悅。

看得越多，范維夏就越覺得心疼……

這個宅子太大，裝了太多的寂寞。

他想為他驅離，哪怕只有一點都好。

※※※※※

噹噹噹噹……

下課十分鐘的自由時間對孩子們來說彌足珍貴，不同於上課的意興闌珊，下課時間同學的生龍活虎總能讓一些老師咬牙切齒，發出不平之鳴。

他的課是有多無聊，讓學生們像離水的魚，總是在躺平、趴平！

但學生們——

管他的！他們只有十分鐘！

「范維夏，打球！快點！」

「好！」范維夏應聲，卻是往教室裡面跑。

跳級到范姜睿臣的班上兩個月，范維夏的模樣變化是明顯的，從圓潤討喜的饅頭小胖球到現在因為瘦下來相對高挑的身材，雖然還是偏胖，但已經在誤差範圍內。笑起來外露的虎牙和酒窩，多了點頑皮的可愛。

范姜睿臣看著趴在他書桌上，壓住他原文書不讓看的范維夏……很想戳戳那個礙眼的酒窩。

范姜睿臣想的同時出手做了，指尖戳著隨范維夏說話時隱時現的酒窩。

范維夏寵溺地縱容他難得幼稚的動作，笑道：

「走啦，一起去打球。」

「不去。」嚴守行程與計畫進度的小孩拒絕被誘惑。

很多人認為范姜睿臣的早慧和資優是天生的，他原先也這麼想，同住後才知道，除了先天遺傳的聰慧之外，更多的是他後天的努力以及對自己近乎苛刻的自律，足以讓一個重生者汗顏。

重獲新生的范維夏還是想走老路，當一個外科醫師，早已學過的知識只需要複習就能輕鬆完成。

他想把大部分的時間留給范姜睿臣，彌補上輩子錯過的歲月。

但自律偶爾還是要被打破，人生應該有些彈性！

范維夏起身，拿起鉛筆、搶過范姜睿臣的原文書，翻到最後一頁寫上大大的「完」字後秀給范姜睿臣看。

「好了，你看『完』了！打球！」范維夏合上書，牽起范姜睿臣往外走。

范姜睿臣垂眸看被范維夏握住的手，不自覺皺起眉頭，忍不住捏了捏。

「幹麼？」

「以前比較好。」圓圓、短短的，像香腸。

「什麼啊？」不懂。「快點！」范維夏放開手，往前跑，還剩八分鐘。

感覺後頭的人沒跟上，范維夏停步轉身看。

不看還好，一看又是心疼。

范姜睿臣站在教室門口不動看著走遠的范維夏，神情就像被人遺棄找不到方向、不知道自己該往哪去的迷路小孩，迷惘自己下一步該怎麼做。

該怎麼說范姜睿臣……天天相處才知道這人並非萬能。

他可以把書念好、考試考好、工作做好，做好一切計畫裡有系統的事，獨獨對於生活和感覺，他就是個徹頭徹尾的麻瓜。

似乎姜文翡過世帶走范姜睿臣大半的情緒，只剩一些蛛絲馬跡可以追索。

有線索總比沒有好。范維夏自我安慰地想。

他希望范姜睿臣能活得輕鬆自在一點。

也許人生重來，因為他提早來到他身邊會造成蝴蝶效應，影響他的性格，透過後天的努力修補關係，放下和范家對峙的想法，跟家人再親近一點，這麼一來，就不會走到你死我活的決裂地步。

他希望每個人都好好的。

更希望范姜睿臣能夠不被大人的恩怨情仇左右，走自己的路、做自己想做的事，快樂幸福！

轉身往回走到范姜睿臣面前，再度握住他的手，緊緊的。

「打球！」

不待范姜睿臣反應，范維夏拉人往外跑，攛掇他揮霍青春，找回屬於小孩的無憂無慮。

對於未來，樂觀的他充滿期待。

第三章

綠意伴隨知了的生命之歌，是校園豔夏的一抹顏色；但——

一隻知了叫詩意，一群知了是噪音。

站在窗邊的范姜睿臣關上窗隔開內外，才能聽清楚後方會議桌討論的聲音。

東羅高中學生會幹部們神情嚴肅，為正在討論的事項苦惱。

「已經不只一個人申訴，說晚自習回家的時候，在學校附近遇到變態騷擾，現在回家都很害怕。」副會長佟莉亞皺起柳葉眉，極度不悅。「已經問校方三遍，每次都說已經報請警方處理、加強保全……我們要不要組織學生巡邏隊自己來處理？」

掌聲從會議桌另一頭傳來，伴隨打趣的語氣：「哇嗚，女版無敵浩克，加油！」

佟莉亞忍不住拿起手邊的橡皮擦丟向說話的人。「倪尚禾你閉嘴！你負責學權組（學生權益組），沒人抱怨你失職就要偷笑了，還說風涼話！」

「這關學生權益什麼事。」倪尚禾覺得冤枉，雌雄難辨的漂亮臉孔因為流里流氣大打折扣。

柳眉橫豎，瞪他。「學生有安全回家的權利。」

倪尚禾雙手抱胸，露出害怕的表情。「我也怕變態啊……」

他的害怕讓佟莉亞更想揍他。「在變態找上你之前，我先揍你！」

「我好怕……妳強妳上。我支持妳，精神上。」換句話說，就是不出力。

「倪尚禾！」爆脾氣的佟莉亞當場炸開，跟倪尚禾吵了起來，與會的其他學生會幹部見怪不怪，反應淡定。

窗邊的范姜睿臣完全沒注意會議桌上的戰火，窗外樓下的風景更吸引他。

如果他沒記錯，那是隔壁班的班長吧，姓……算了，不重要。

重要的是，他強抱的少年是成天纏著他、鬧他、要他喊七叔的范維夏，正兩手提著東西，看著隔壁班的班長。

范姜睿臣思考著開窗出聲介入還是繼續看戲的問題。

不用他想出答案，樓下范維夏因為雙手有東西，只好用腳，狠狠踹開對方，似乎又說了什麼轉身離開。

范姜睿臣面無表情地俯看范維夏，看他抬臂用袖子擦拭嘴唇，一邊走進學生會所屬的大樓，對范維夏和男生接吻一事完全無感。

會長靈魂出竅，副會長和學權組組長第N度在會議上開戰，文書組組長范睿中哭笑不得，看向站在窗邊的會長、他的四堂哥。

「會長，你覺得呢？」

范姜睿臣回神，轉頭看眾人，還沒開口就先皺眉，很不想聽見自己因變聲期導致鴨嗓的聲音。

「請家長會出面。」

眾人點頭，一致通過這是個好主意。

他們只是個孩子啊！這種事當然要叫大人來處理。

對私立的貴族高中來說，教育部沒有家長會來得重要，尤其是慷慨支持學校活動與設備的家長會。

這年頭，得罪誰都行，就是不能得罪錢。

「那我們繼續下一個議題——」

就在這時，學生會會議室門板傳來敲門聲打斷佟莉亞的話。

離門最近的實習幹部接到范姜睿臣點頭的指示，起身開門。

范維夏探進腦袋，朝眾人一笑，討喜的酒窩和虎牙消滅了些被打擾者的不悅，手上勞軍的飲料讓不悅降到最低。

「七叔好。」

眾人臉上堆笑，其中幾個調皮的，由倪尚禾帶頭，打趣地跟范睿中一起喊：「七叔好。」

范姜睿臣沒打招呼，注意力落在范維夏紅得詭異的嘴脣。

范維夏刻意忽略范姜睿臣視線。

這小子看到了吧……范維夏心想。

在買飲料來的路上遇到隔壁班的人，心理年齡是大叔的他完全沒想到對方叫住他是為了告白！

「我喜歡你！」

乍聽到年輕孩子的表白，范維夏就像晚上被手電筒照到的野兔，瞬間呆愣。

「我知道男生喜歡男生很奇怪——」

「不奇怪！」范維夏打斷他，抬起頭，目光直率灼然地看著眼前高大卻羞澀的少年。「好孩子，你不會孤單。」

蛤？少年困惑。

「五年後司法院會宣布釋字七四八，說同性可以結婚，再兩年，也就是二〇一九年，兩個男生或兩個女生，只要相愛都可以結婚，」

少年聽得模糊，逕行消化後只得到自己想要的結論：「你的意思你也喜歡我，我不是單戀。」

「我是說你要有自信，你不奇怪也不孤單，未來不管男生愛男生還是女生愛女生，都可以得到祝福……」未竟的話被封緘在少年鼓起勇氣的親吻下。

「我會一直對你好。」少年抱住他，「永遠對你好——哇啊！」

少年忽然慘叫後退一尺，踉蹌跌坐在地上，摀著肚子含淚控訴：「喜歡我為什麼要踢我？」

沒想到會被幼齒突襲，心智年齡三十七歲的大叔傷不起。「你幾歲我幾歲，沒事喜歡一個大叔……不值得，孩子，你要把眼光放在同齡的孩子身上，ＯＫ？」

少年傻眼。「大叔？」誰？還叫他孩子？「你在說什麼啊，你才十四還小我三歲耶！」什麼毛病？他是不是喜歡錯人了？

范維夏一愣，這才想起自己已經重生的事實，惱瞪少年一眼，沉了口氣語重心長道：「以後不要再叫我，我跟你一點也不熟，也不會喜歡你，抱歉。」

范維夏說完，轉身往學生會所在大樓走。

他的初吻——至少這輩子的初吻竟然被個小屁孩給……本來要留給范姜睿臣的！他怒！

忍不住踢了腳前的小石頭。范維夏深呼吸，還是氣。

但他終究是大人，成熟的大人懂得化解情緒，前往會議室的路上，范維夏已經將情緒消化得七七八八，拜訪學生會的臉又是如常的燦爛笑容。

范維夏朝范睿中點了點頭，看向范姜睿臣。「會議還在進行吧，我買了飲料——」

「結束了。」

范姜睿臣說完，看向范睿中，後者立刻乖覺上前接過兩袋飲料。

范姜睿臣則是走向范維夏，不待眾人反應逕自與他一起離開。

門關上，佟莉亞惱瞪眾人。「又讓會長這樣走掉？你們竟然一聲都不吭？」

「妳還不是一樣沒阻止。」

「你們好意思讓女生開口？」

「妳是無敵浩克。」倪尚禾不怕死地提醒。

女浩克抓起筆袋發動攻擊。

※※※※※

春光明媚、青草茵茵。

校園的綠樹攪碎春日的陽光，落在地上化成光點，青春洋溢的少年少女漫步校園，笑鬧歡騰，少年不知愁滋味。

范姜睿臣和范維夏併肩走進成為其中一抹風景，范維夏不時打量身邊的人，對方一如以往板著的嚴肅表情看不出情緒。

在生氣嗎？

「你都看見了吧？剛才的事……」

「嗯。」范姜睿臣淡然應聲後沉默。

「怎麼不問？」范維夏拿不準他的反應。「我以為你提早結束會議是要問我這件事。」

「最重要的事已經討論完，沒必要再待。」去年被這群幹部拱上會長的位置，范姜睿臣做的不是很甘願，平常上學，回家還有私人課程，他每天行程滿檔。

重生到現在七年，用盡方法和范姜睿臣同吃同住同進出，卻發現自己對現在的范姜睿臣瞭解得沒有上輩子那麼多。

范維夏打破沉默，試圖進一步：「你怎麼想？」

「如果你真的喜歡男生，不要讓爺爺知道。」

「就這樣？」

「就這樣。」他還想聽到什麼？

濃濃的失落感湧上范維夏心頭。

七年來，他試圖接近范姜睿臣多少，他就後退多少。總是隔著一段距離與他相處，他不知道該怎麼打破范姜睿臣築起的這道牆，自己上輩子多活的年紀與經歷在范姜睿臣面前形同虛設。

范姜睿臣轉頭看他家七叔，因笑容露出的酒窩消失，少年的側臉在陽光下流露一絲黯然與超乎年紀的滄桑苦澀。

又來了……和范維夏相處，總有種陌生感。

綁架事件之後，范維夏原本傻里傻氣的樣子突然消失，變得聰明幽默、機智細心。有時候會像現在這樣，忽然露出超齡的表情。

心機

大家都說是因為意外開了竅；只有他，覺得像換了一個人。

范維夏太奇怪了。一天到晚纏著他，有些時候會突然拉他跑……每次奇怪的舉動都讓他避開一些危機。

一次可以說是巧合，兩次勉強算是，三次……很難說服他還是巧合。

范姜睿臣從不相信幸運這種虛幻的東西。

所有的偶然都是一種必然。

而必然，意味著背後有心人的盤算。

微熱的溼意落在范姜睿臣臉上，拉他回神，才意識到下雨這件事。意識到的當下手就被范維夏握住，拉著往建築物跑。

少了肉感的手依然溫暖，甚至有點熱。

雨滴成絲，瞬間滂沱。夏日午後的大雨來得又急又快，饒是兩人跑得快，還是免不了被雨打溼些許，頭髮和臉被雨水打得狼狽。

「還說今天天氣晴、下雨機率只有十趴。」范維夏拿出手帕，擦拭范姜睿臣臉上的雨水邊抱怨。「最好十趴會下成這樣。」

「我不用……」

范姜睿臣抬臂欲擋開范維夏的維護，卻愣在無預警的驚鴻一瞥裡，視線跟著范維夏懸在髮梢上的雨水，在他專注為自己擦拭雨水的動作間滴落脣珠。

承載表面張力的透明水珠放大還沒褪紅的脣色，瀲灩挑逗人心的遐想。

范姜睿臣腦海中瞬間閃過先前俯看的畫面。

手指指尖莫名傳來輕微麻癢的異感，讓范姜睿臣很想碰觸點什麼，不自覺抬起，接近讓他有這種感覺的范維夏。

「你等一下。」范維夏開口，不知道自己破壞范姜睿臣基於本能親近他的行動，也因此錯過窺視范姜睿臣真實情感的機會。

范姜睿臣來不及阻止，范維夏已跑入雨中，擋住各撐一把傘走在雨中的同學去路。不一會，他掏出千元大鈔給對方，其中一人走進同伴的傘下後將傘交給他，和同伴共撐一把傘繼續往前走。

范維夏撐著傘快步跑回來，完全沒有為了避免自己淋到雨慢下腳步。

一去一返，范維夏身上已經溼得徹底，制服變得透明，隱約可見衣服底下的肌膚，溼衣貼著肌膚，顯現少年瘦削無贅肉的身體曲線，顯露肌理的脈絡。

范姜睿臣皺眉，別開臉沒看他。

他又怎麼了？范維夏不解，只當范姜睿臣不喜淋溼的感覺。說真的，能讓范姜睿臣皺眉的理由太多了，這傢伙好像從小就背負著拯救世界的責任，把自己活得苦大仇深。

「先回教室拿書包，我請司機把車開進來接我們。」以貴族學校聞名的東羅高中不只學費貴得讓人咂舌，在合乎教育制度規範下給予學生的特權及方便也是一絕。

范姜睿臣聽他說完，沒有回應，邁開步伐往雨裡走去。

范維夏眼尖，伸長手及時為他撐傘擋雨並跟上，又溼了一隻手臂。

一千塊買到的傘面不大，遮不了兩個發育得不錯的青少年。託狂灌牛奶的福，范姜睿臣在高一已經超過范維夏三公分，兩人維持五公分的差距持續成長，一如兩人七年來的距離。

范維夏將大半的傘面讓給范姜睿臣，忠僕服侍主人似地犧牲奉獻讓范姜睿臣莫名煩躁。

「為什麼？」

范姜睿臣問出藏在心裡許久的疑問。

小時候不明白，只當范維夏愛裝長輩的樣子照顧他，沒太深刻體會。但隨著年紀增長，他意識到范維夏對自己超乎異常的保護慾，這很奇怪。

套句鄒明豔的說法，他不是個受歡迎的人，眾人會接近他的理由只有一個——他的身分以及身分背後代表的巨額財產。

他再不喜鄒明豔，也會接受她給自己的建言。

范家的人從上到下都不單純，心機早根深柢固在每個范家人的血液裡。

這是累積百多年傳存世家大族的遺毒，回溯歷史，范家祖先在朝代更迭的歷史上占有一席之地。

這麼斐然繁榮的成果建立在嚴謹的宗族制度——本家分家、長幼尊卑，井然有序。

因為階級，眾人各司其職；也因為階級，人人都想爭上位。

沒有人生來就心甘情願被別人踩在腳下。

范家有多繁榮，底下就有多勾心鬥角、爾虞我詐。

范維夏美其名是爺爺最小的兒子，但光是名字沒有依照家譜排行重新取名，而是用他原本的名字就已經說明爺爺沒打算讓他進入家族核心。

范家還保有收房的習慣，雖然是老舊陋習至少還是個負責的表態。他爺爺一共收了四房太太，各房各自生子兄弟姊妹共六人。

范維夏是第七個孩子，聽說是他母親將死才聯絡范家的人帶回來認祖歸宗，沒多久他母親過世，生前未被收房。被帶回來的范維夏不但沒有改名、也沒有被寄養在哪一房，家中地位可想而知。

當年會纏著自己不放，應該是知道自己的處境在找大樹好乘涼吧，畢竟他的哥哥們最小的也超過三十，怎麼相處也不可能太親近。

有爺爺表態在前，誰會收下累贅？

只有他跟他年紀相近、處境相似；唯一不同的是，他不見容於范家人並非身分低，相反的，是立足點太高，是姜家最後的傳人，也是爺爺跳過一代指定的未來接班人，誰親近他都會被貼上圖謀的標籤，對沒錢沒勢的范維夏來說，是最好的避風港。

在帝王學的薰陶下，范姜睿臣拿范維夏做第一個案例分析，歸納出他在綁架事件之後選擇待在自己身邊的動機。

沒有動機就不會有行動。七歲的范維夏，大智若愚。

這種種思慮讓范姜睿臣對范維夏始終保持一定的距離，寧可拒之千里也不願親近後發現是個想利用他的人。

因為喜歡你！

范維夏很想這麼說，讓范姜睿臣知道他對他的感情，打破叔侄的界線，省去彼此試探浪費的時間，但他不行。

還不到時候。

上輩子，要到范姜睿臣十八歲的生日宴後，他對自己的態度才會改變。他只能等到那時候，等那件事發生。也許會因為他的出現改變些許，和上一世的內容不同，但主軸是不會變的。

重生之後，他回想上輩子有關范姜睿臣的每件事，特別是十八歲之前聽說的，一條條記錄下來，適時幫他避禍擋災。

擔心蝴蝶效應作祟，他想辦法將自己對范姜睿臣的保護做到最自然巧合的狀態，還是免不了影響後來發生的事，也改變了一些事。

例如這一世的范姜睿臣因為他認識了佟莉亞、倪尚禾這些人，還被他們拱上學生會長的位子，有屬於他的社團生活和朋友。

至於記憶中那些危及范姜睿臣的事，也有了些微變化，可能是發生的時間點、可能是發生地、可能是事件內容，都還在掌握的範圍。

他不敢冒進，萬一蝴蝶揮舞翅膀的力道過大，搧飛他和范姜睿臣，造成更大的遺憾，枉費他重活一世。

他只能等，等每一個關鍵事件來臨，偷偷運作轉變。

「……為什麼？」

范姜睿臣的鴨嗓喚回范維夏飄走的心神。

還不是說的時候。「因為……你容易過敏，不可以著涼。」

可能是上一世他們太晚相熟，還不夠瞭解彼此，他一直到成為獨當一面的醫生，才知道范姜睿臣的身體狀況。但那時並沒發現過敏的問題，這一世相處後才知道，范姜睿臣有過敏體質，一直在調養。

這不是他要的答案。「為什麼要做到這種程度？」

范姜睿臣再度開口問，目光如劍凌厲地看著范維夏，不容他閃躲。

這追根究柢的毛病真讓人頭疼……

「因為我是叔叔。」端出輩分總行了吧。「長輩就該照顧晚輩，不然呢？」

范姜睿臣心下一沉，瞅見身邊的人讓出大半傘面給他，自己溼透半個身體，一股悶氣湧上心頭。

「我不需要。」說完，范姜睿臣快步往前。

范維夏同樣快步跟上，也確定范姜睿臣在生氣。「你在氣什麼？」

氣？他要氣什麼？

大雨依然滂沱，沒有停止的跡象，雨聲、夾帶地熱的溼氣擾得人心浮躁，范姜睿臣又加快腳步，似乎是想擺脫他。

「阿臣！」范維夏抓住范姜睿臣的手，怕他甩開自己，他加重力道拉人。

被拉回來的范姜睿臣差點撞上身後的范維夏。雖沒撞上，也讓兩人忽然拉近到傘面可容納的距離，近到范姜睿臣可以感覺范維夏的體溫穿透溼漉的制服擴散，熱輻射的波長觸及他的皮膚，讓人……更加煩躁。

范姜睿臣無法具體分析這份情緒所為何來，但他知道，此時此刻他不想看見范維夏、不想跟他一起走，不想……

有更多的接觸。

「好好好，今天讓你自己回家。」范維夏哄小孩似地說著。

直到范維夏出聲，范姜睿臣才知道自己無意間說出心裡想的話。

青春期難免火氣大，他懂的，畢竟也曾年輕過。「我回教室拿書包坐公車。你傘拿好，慢慢走，不要急。」

范維夏邊說邊將傘塞給范姜睿臣，不待他反應，快步跑進雨中。

范姜睿臣看著范維夏的身影迅速消失在灰濛濛的大雨中，不明白自己為什麼會這麼……不冷靜。

因為范維夏接近他是別有用心的算計？還是因為范維夏總是托大，做些把他當小孩看的動作，惹他不悅？

范姜睿臣潛意識迴避不久前目擊的某個畫面，思前想後，找不到滿意的答案。

事實上，他也不知道什麼樣的答案他才會滿意。

他接近得太詭異，又好得太自然，加上那莫名其妙似乎沒有底限的照顧……

想不通，范維夏到底要的是什麼？

關於范維夏的事，范姜睿臣發覺自己分析到最後總是一團亂。

※※※※※

好心不一定有好報，范維夏是最好的證明。

不自量力寵溺侄子的結果就是躺在床上當個夏天感冒的笨蛋。

「果然年紀大了……」燒得昏沉，范維夏拿心智年齡當肉體年紀呻吟，抬起手背貼上額頭，嗯……三十八點九。

上一世，范維夏被說天生適合從醫不是開玩笑的。雖然是外科，但他對於時間、溫度的敏銳度異於常人，不用溫度計就能測溫、不用計時器就能測心跳，還有指尖的觸診，上輩子很多複雜麻煩的手術都是在他手裡被發現或完成的。

仗著自己肉體才十四歲，想說淋個雨坐公車不會怎麼樣，誰知道現實狠狠打了他一巴掌，回到家就頭昏眼花、四肢無力。

范維夏一回到家就先到廚房給自己裝一大壺水，連杯子帶上樓，進了房間後放在床頭後，才脫下溼透的制服進房間配置的浴室洗熱水澡，他以為一切都還來得及，沒想到才沖了下熱水就覺得頭昏，連忙快速擦乾身體、套上衣服，拿出藏在床底下的急救箱，拿出退燒藥服下，再把自己悶進被子裡。

不必擔心有人敲門。這個家的主人是范姜睿臣，所有的人唯他是從，范姜睿臣不開口問，這裡的管家、傭人就不會主動詢問或照應他什麼，除非他提出。

在姜家大宅裡，他必須主動才能和范姜睿臣維繫交集。這七年，讓他明白了上輩子范姜睿臣的心情。

百般努力討好一個人，卻得不到對方的回應或接納，甚至還想拉開距離。

這世跟范姜睿臣相處久了，范維夏逐漸理解上一世的范姜睿臣為什麼最後會選擇那麼偏執的手段。

求而不得，寤寐思服……

渴望的人近在眼前，明明伸手可及卻又遠在天邊，怎麼抓都抓不到，那種無力感真的讓人焦慮攻心，很想不擇手段抓住對方。

平凡人如他偶爾都有這樣瘋狂的想法，何況是范姜睿臣。

越優秀的人越有自信，自尊心也越高。范姜睿臣的霸道任性立基於卓越的工作能力與出色的表現，這樣強大又優越的人慣於掌控一切。

我想要的東西，我就會得到——上一世的范姜睿臣總能自信傲然說出這句話，讓人羨妒的是，沒有人會質疑他做不到。

就是這樣的人越難接受被拒絕……他這種平凡人都會被這七年來范姜睿臣的若即若離逼得抓狂，好幾次想敲昏他頭帶回家生米煮成熟飯，更何況是范姜睿臣，上一世他還或追或試探他六年才將他綁回來關在這，夠忍耐了。

范維夏咳了咳，拉高被子蓋住自己。

他要有耐心，等范姜睿臣十八歲生日那天來臨。

在這之前，范姜睿臣的疏離、排斥、若即若離他都可以忍受。

經歷過生離死別之後，他什麼都能忍，只要他活著。

只要他好好活著，比什麼都好。

※※※※※

范姜睿臣不習慣地皺了皺眉，看向擺著晚餐的空位，平常坐在這裡的人不在上頭，才發現他不知何時習慣范維夏的聒譟。

少了他，飯廳冷清得磣人。

「他人呢？」

管家周嬸上前，克己守禮地報告：「回來進廚房裝了壺水就上樓進房間，到現在還沒下來。」

范姜睿臣顰眉。范維夏雖然會因為擔心復胖節食，但他從來不會在吃飯缺席……

范姜睿臣倏地起身，往樓上走。

他不是擔心范維夏，只是……

腦海中閃過幼時母親過世的回憶。

范姜睿臣加快上樓的腳步。

※※※※※

這是范姜睿臣第一次踏進范維夏的房間，出乎他意料的簡單樸素。沒有偶像崇拜的海報、只有幾個簡單的健身器材。書桌上，筆電旁邊擺放著一疊又一疊原文的醫療相關書籍，仔細一看，從內科到外科，還有腦中風、血栓、心臟移植等的專科書籍，照著一定的規則排列整齊。

他想當醫生？范姜睿臣意外范維夏不同於外表給人的隨興，他出乎意料地有條理、愛整齊。

房裡的擺設超出他對十四歲少年的認知。

范姜睿臣走近床鋪，看見床上范維夏疲憊蒼白的臉。

「范維夏？」

床上的范維夏動了動，緩緩睜開眼，慢半拍地抬眸往上看，看見范姜睿臣俯視他的臉，皺著眉，又是生氣的表情。

范維夏抬手伸向范姜睿臣，距離只夠他勾握范姜睿臣小指。

范維夏小指傳來的熱度異常灼熱。

范姜睿臣錯愕上前，掌心貼上范維夏額頭，眉頭皺得更緊。

「不要生我氣……」高燒渾沌范維夏的神智，上一世的、這一世的，全部絞成一團，讓他一時間無法分辨眼前人的真實身分。「好不容易又……」又累又冷又餓，范維夏話還沒說完又繼續睡。

又什麼？他要誰別生氣？范姜睿臣瞇起眼，思忖。

「叫醫生過來。」

「是。」跟在後面進房的周嬸應聲，邊拿出手機撥號邊往房外走。

一個小時後，隸屬范姜睿臣的家庭醫師來到，迅速進行診斷，確定是感冒引起的發燒。發現他服過退燒藥不見效，醫師又幫他打了退燒針、進行輸液，醫囑照護的相關事宜之後離去。

即便打了退燒針降低體溫，范維夏的體溫仍然偏高，依然緊抓著范姜睿臣的小指不願放。

「少爺，您該休息了，明天還要上課──」

范姜睿臣抬手打斷周嬸的進言，以手勢要她離開。

房門輕輕闔上，范姜睿臣才又走回到床邊，俯看床上的人，這時才注意到床頭櫃的水壺和杯子，以及未丟的藥丸包裝紙。

范姜睿臣想起周嬸在飯廳說的話，這樣的準備壓根沒想讓任何人發現他生病的事，打算一切自己來。

是客氣？還是見外？對一個住了七年的地方。他才十四歲，再怎麼天才也不可能周全到這種程度。

范姜睿臣眉頭皺得更深，回想這七年自己所知的范維夏，全是在他身邊蹦躂、一派輕鬆歡樂的模樣。他沒看過他念書、沒看過他準備考試，也不知道他對什麼有興趣、討厭什麼。

反觀范維夏對他的瞭解，比他對自己更甚。

胸口微痛、指尖微癢，莫名的衝動使然，范姜睿臣慢慢地伸出手，碰上范維夏垂落在額前的髮，輕輕撩開，露出藏在髮下的傷疤。

這是當年被綁匪打傷留下的疤痕。

因為我是叔叔……

長輩就該照顧晚輩，不然呢？

范維夏下午給的答案言猶在耳，為什麼自己無法接受？

※※※※※

鈴……

高頻的鈴聲迴盪，擾得熟睡的范維夏面露痛苦，想拉被蒙頭，因為突然大病體力不濟，扯了幾下被子就後繼無力，最後抵不過音頻的侵擾，輾轉清醒。

就像冬眠的蟬，過了幾年的等待，在破土的瞬間突然看見三寸日光，強光照得他在睜眼的瞬間發昏，過了一會才適應。

范維夏緩緩起身，關掉設定每天六點響的鬧鐘，本想繼續躺平，乾渴的喉嚨微疼，催促他下床喝水。

緩緩倒水，啜飲一小口含在嘴裡滋潤乾澀的口腔才嚥下。范維夏接著喝，一小口一小口直到杯子見底，過程中打量房間，好像哪裡怪怪的……

視線落在床邊的椅子，他記得自己好好收在書桌前。

他只是看起來像是房間凌亂的人，不代表真的是。

事實上，范維夏規矩得令人咂舌，每個東西都有固定擺放的位置，一如人體器官各有其位，總不能把心臟裝在肝旁邊當胃用吧。愛整齊的個性在歷經外科醫師的職涯歷練後只有更嚴重。

誰來過他房間？

會用到椅子，肯定在這待了一段時間。范維夏仔細回想。

昨晚因發燒，他睡得並不安穩，半夢半醒間總覺得身邊有人，他試著睜開眼睛卻沒辦法。

他好累。七年來小心翼翼關注范姜睿臣的一切，防這個擋那個，明明是重活一遍、身邊都是自己熟悉的人事物，但……

興許是他在關鍵時刻選擇留在范姜睿臣身邊，周圍的事物都跟著改變，以至於那些過去熟悉的如今都透著陌生，讓他有種與這個世界格格不入的違和感。

因為知道未來預先防堵的行動在別人眼前總是莫名其妙，被說奇怪也只能苦笑，孤寂感備增。

忽然，門板傳來敲擊聲，接著是周嬸的聲音。

「范先生？請問您醒了嗎？」

「我醒了。」范維夏習慣性地回道，想到什麼，立刻衝出打開門，叫住周嬸：「請問一下！」

周嬸停步，回頭等待他的問題。

「昨天有誰進來我房間嗎？」

「是我。」周嬸謹記老闆的交代，立即開口：「因為您生病，少爺吩咐我照看您。」

范維夏難掩失望地垂眸，一度期待是范姜睿臣。

明明，貼上額頭的觸感像是范姜睿臣的手，悄悄移目瞥向周嬸的手……

「范先生！」

周嬸驚呼，突然被人抓住手往額頭貼，任誰都會嚇一跳吧！

是他！貼額的瞬間，范維夏揚起燦爛的笑。

發現一點陽光就自己燦爛起來的范維夏笑得酒窩深深，虎牙閃過的亮白與笑容同樣燦爛，俊朗的臉透著孩子氣的可愛與俏皮。

范維夏的快樂容易渲染給別人，饒是五句的嚴肅管家也忍不住跟著揚笑。

「辛苦妳了。」逼別人說謊，這時候的范姜睿臣實在太壞了。

范維夏敢打賭，守在床邊的就是范姜睿臣。除了他不會有別人！

「少爺在等您。」

「我很快！叫他等叔叔吃飯！」范維夏刻意放大音量朝樓下喊。

在一樓飯廳看報的范姜睿臣聽見了，要拿筷子一頓，皺眉。

范維夏轉身要回房，想到什麼又跑到樓梯間朝下喊了聲：「不等不乖！」

范姜睿臣眉頭皺得更緊，沉了口氣，繼續看平板裡的資料。

旁邊的管家和家政婦忍笑，免得被小老闆罵。

姜家大宅，再度熱鬧起來。

第四章

范家主辦的宴會從來不對外宣傳，但濟濟一堂的賓客隨便一個站出去，都是新聞。

政治人物、商業大老、媒體名人……以能拿到范家的邀請函出席做為自己地位的證明，尤其是家族聚會，只有關係親近的友人、夥伴才能得此殊榮。

家族聚會有大有小，撇開絕對排除外人的宗族聚會，能對外發函的宴會中最重要的，除了一家之主交接及其個人的婚喪大事外，就是接班人十八歲的生日宴。

邀請函上不會明說，但從賓客陣容和排場來看，就能窺見一二。

「太子的冊封大典誰不想當第一個說恭喜？被太子叫聲伯伯，以後等他即位就能攀關係……」一塊有機紅蘿蔔糕塞進倪尚禾的嘴，堵住他的話。

「要酸就不要來。」佟莉亞沒好氣瞥他一眼，一身削肩連身小禮服，襯得她莊重又不失年輕的俏麗。

「這麼 lady 的穿搭還是救不了妳粗暴的本質，反省一下啊，副會長。」

佟莉亞嫣然一笑。「好好享受你最後的週末，下禮拜學校見。」說完收笑，轉身走人，留下滿滿的威脅。

驚！倪尚禾轉頭看負責招呼他們的范睿中。「我被發死亡預告了嗎？」

「我堂哥的生日會，你少說這種不吉利的話。」

倪尚禾脣角勾起一抹自嘲的笑。「我以為最不吉利的就是我們的出身。從一出生就註定要背著家族這個包袱……看看你們，連西裝都要制服化。」

范睿中沒有生氣，低頭拉拉袖口，袖口的白底藍繡麒麟紋代表「睿」字輩。

「我們也享受了相對應的資源。你剛吃的糕點、手上的調飲，身上穿的用的，都是家族庇蔭。」

范睿中一向務實。源出旁系，他從小就知道自己只能是家族企業的一分子，能努力拚搏的，就是成為輔佐堂哥范姜睿臣的核心幕僚，以圖將來分派子公司擔任經營者，提一提他家在家族裡的地位。

「等價交換，這個世界是公平的。」

倪尚禾訝異地看向一直都給人溫文不爭印象的文書組組長，今日一番話刷新他對他的認知。

不管是上一世還是這一世，范維夏都覺得大家族裡的孩子不容易。只要有范家的血，不論親疏遠近，只要通透有才，就能得到家族栽培，成為扶龍能臣；頑劣難馴的，直接餵飽餵滿，捧殺成廢柴；不通透又不頑劣的中庸之輩就任其發展，不聞不問。

本家透過這樣的資源分配穩住旁支的浮動，卻阻止不了本家直系的內鬥。范維夏偶爾會慶幸自己處於這麼尷尬的位置，這讓他孤立無援——同輩的兄姊們和他年紀差距太大說不上話，也擔心他是老來子，備受范老太爺喜愛，這事在他沒有依照家譜更名後就塵埃落定。

同齡的孩子則因為他輩分太大不敢相處，擔心他狀告老太爺……

整個家族也只有范姜睿臣能不把輩分看在眼裡；同樣的也只有他接近范姜睿臣最沒有權力爭鬥的臆測空間。

孤立無援的他是最自由的。

范維夏才剛這樣想著，就聽見眾人此起彼落的讚嘆聲，循著讚嘆聲看去，立刻看見話題的中心。

西裝筆挺的范姜睿臣扶著范老太爺從二樓走下來，後頭跟著的，是范姜睿臣的父親范家和以及再娶的妻子何芳君。

憑范姜睿臣而貴的兩人表情有些不自在，也因此引起等待的有心人私下議論。

「指定隔代接班人，范老爺子那麼多兒子，難道沒一個成材？」

「聽說是家字輩這一代爛泥扶不上牆，幸好還有孫子輩的撐住，不然就可惜了這麼一個具有歷史底蘊的家族。」

來賓私下討論得熱切，沒注意到一旁范老太爺三子范家鴻與妻子正在附近。賓客們的對話范家鴻夫婦全都聽見了，狠瞪口無遮攔的客人。

這時，七旬的范老太爺在范姜睿臣攙扶下走進大廳，賓客迎上前問好，范老太爺一一回應，說話間反手牽起范姜睿臣的手，表達他愛孫心切。牽著孫子的手，領著他拜見重要的大老、長輩，最後走到佟莉亞面前。

「看來傳言是真的……」

旁邊的私語議論引起范維夏注意。

「佟家的女兒跟范姜睿臣同校還一起在學生會服務，一個會長一個副會長……佟家還真的押對寶要發了……」

「是發了，還是像姜家那樣……」

議論的賓客意有所指地笑了。

范維夏聽不下去，回頭朝對方走去，一笑。「兩位的寶貴意見，我回去會轉述給我父親。」

范維夏說完，看向一旁保全。再不濟，他還是范家人，叫得動保全。

兩名保全認得范維夏袖口的火紅麒麟紋，快步朝議論的賓客走來。

「你、你誰啊，一個小鬼……」

「我知道你，不過一個私生子──」

「送客。」

「是。」

其中一人還想說話被同伴拉住，大概是想到萬一引來大人下場更慘，灰溜溜地跟著保全離開。

范維夏吁了口氣。下一秒看見他等的人，又倒吸了口氣，快步走向對方。

同樣穿著有范家十八歲少年，嚴謹不失設計感的范家西裝、袖口的藍麒麟，在在說明他是范家「睿」字輩，一雙帶笑的桃花眼減去七分清俊的容貌，添了三分不羈的叛逆風流，不難想像將來又是個讓人驚豔的帥哥。

來了！范維夏繃緊神經看著揚笑走進賓客人群的少年。

上一世，范哲睿突然主動說要彈琴送范姜睿臣當生日禮，結果彈了Ravel（拉威爾）的《Pavane pour une infante defunte》（死公主的孔雀舞曲）。

有一說認為拉威爾作曲的創意源起於西班牙教會的葬禮習俗——下葬死者前，在祭壇靈柩前，莊重地跳一次孔雀舞以示哀悼之意。

他為范姜睿臣的未來送葬！

此舉觸怒范老太爺，直接斷絕關係老死不相往來，之後，聽說范哲睿走投無路加入義雲盟。

也是因為范哲睿的脫稿演出引來眾議，他出面護航范姜睿臣，才讓他因此注意到自己，演變成兩人後來剪不斷理還亂的關係。

只要讓范哲睿依照上一世那樣做，他跟范姜睿臣就……范維夏咬脣，想起後來再見到范哲睿，他已經是義雲盟裡的一號人物，跟他的醫學院學弟白宗易關係匪淺，但最後兩人因為黑道宿怨……

范維夏腦海中閃過白宗易抱著范哲睿屍體痛哭的畫面，也閃過和范哲睿小時候因為同病相憐一起上下學的童年回憶。雖然上了國中之後，范哲睿莫名其妙跟他絕交，從此不相往來，連見面也只是點頭示意。

如果現在改變，他跟范姜睿臣就……也許他這次不會彈那首曲子……也許……

「該死！」

范維夏邁開步伐追范哲睿。

他不知道自己這一搧會讓改變多少未來，但——

他沒辦法已知悲劇後還放任它在眼前發生！

范維夏在賓客群中穿梭，邊致歉邊推開擋路的人，也甩開某隻不曉得從哪伸來要抓住他的手，一心接近范哲睿。

范哲睿走到范老太爺面前，揚起討好的笑，有禮道：

「爺爺，我想——」

范維夏從後面抱住范哲睿，笑鬧道：「找到你了，臭小鬼！」

范哲睿錯愕，轉頭就見和自己一年見不到三次面的小叔叔。

「爸，不要理他，遊戲玩輸我就想告狀。」范維夏用盡全身力氣制住范哲睿，慶幸自己平常有在練，也慶幸范哲睿身體偏瘦又少鍛鍊，他才能制住他。「壞孩子，竟然騙叔叔，你壞！」

「你——」

范維夏脣幾乎貼著范哲睿的耳，小聲道：「彈《Pavane pour une infante defunte》送葬的是你自己。」

范哲睿訝異瞪大眼，不敢相信地看著范維夏。

※※※※※

范姜睿臣應付著眼前不知哪個旁系的長輩，分心看向另一頭親密拖著范哲睿離開大廳的范維夏，一路上范維夏都搭著范哲睿的肩膀，湊在他耳邊說話。

他們兩個什麼時候這麼好了？

記憶中，范維夏跟范哲睿沒什麼交集，就算是小時候也沒有。

范維夏一直都在他身邊，甚至直接跳級到他班上，只是為了跟他同班。

范姜睿臣皺眉。他不高興。非常不高興。

不悅的情緒強烈到讓他頭疼。腦海忽然閃過一幕——

像是小學放學的時間，圓胖的范維夏跟范哲睿併肩走出學校，兩人有說有笑走向等著他的車子。

這時，范維夏看見他，開心的表情忽然像看到什麼嚇到，立刻拉范哲睿的手往車子方向跑。

他不知道為什麼會有這畫面，明明，范維夏就只有跟他在一起。

又一陣頭疼。范姜睿臣腳步微頓，身子晃了一下，幸好佟莉亞機靈，挽著他手臂的手暗暗施力給予支撐。

佟莉亞靠向他肩窩，利用看似撒嬌的親密動作趁機道：「還好嗎？」

范姜睿臣點頭。從昨天開始他的身體就出現狀況，請信任的醫生暗中到家中檢查並無異狀，他也覺得莫名其妙。

「不好也要撐住。」佟莉亞的溫情就給到這，接下來是現實的提醒。「撐完全場，不然你等著被冠上體弱多病的標籤。」

范姜睿臣視線冷厲地掃向佟莉亞。

「我不說你也明白。」佟莉亞說著，瞅見倪尚禾和范睿中往他們走來，立刻變臉，倩笑撒嬌道：「我們出去透透氣吧，臣。」

她不知道范睿中對范姜睿臣來說是敵是友，保險起見，先一律當敵人再說。

世家無親情，保險為上。

佟莉亞不顧范姜睿臣反應，自行決定挽著范姜睿臣，半推半拉往庭園方向走，沿途應對打招呼的叔伯姨嬸，進退有度。

范姜睿臣訝異看她。

很難不稱讚她的臨場反應。

在學校總是看見她爆脾氣，沒想到能想得這麼通透。

或許有她在，他想做的事能更順利地進行。范姜睿臣思忖著，目光依然環視四周，一心二用。

范維夏跟范哲睿跑到哪去了？

突然，又一陣頭痛來襲！伴隨呼吸困難，范姜睿臣呼吸間透著雜亂的喘鳴聲。

※※※※※

范維夏將范哲睿拖到庭園離屋子極遠的水池邊才放手，後者一得到自由立刻轉身抓住他雙臂。

「你怎麼知道我要彈那首曲子？」

他誰都沒說就等今天，他怎麼可能知道。

范維夏沒有回答，開門見山道：

「你以為這樣就能得到自由嗎？」聲音因昔日曾有過的交情急切且充滿關懷。

范哲睿更驚訝了。

「你不會。不要低估我爸對阿臣的重視，仔細想想他老人家為什麼要跳過你爸，直接指定他做接班人。你想鬧他的十八歲生日宴、被我爸逐出家門……相信我，你得到的不是自由，而是自虐！」

范哲睿愣愣看著小自己三歲的七叔，對他最深的印象，是七年前圓圓胖胖逢人就傻笑的小饅頭。

「拿掉范這個姓，你什麼都不是。」

范哲睿冷瞪范維夏。「你胡說。」

「沒有范家的財力和權力，你怎麼養活你自己？」

「我滿十八了，可以打工——」

「打工的錢付得起你現在一餐的飯錢、買得起一件你現在在穿的衣服？」

范哲睿被問得啞口無言。

「你以為你能順利找到 part time 的工作？誰敢請被范家斷絕關係趕出門的人？」

似乎被范維夏接二連三的質問重擊，范哲睿頹坐在水池邊，垂頭不語。

「你知道什麼是自由嗎？」

「不會被硬壓著頭裝死，委屈自己擺爛，沒人管——」

「沒人管不是自由。」范維夏堅定打斷。「有選擇的權利才是！能選擇被管或不被管才是真的自由！」

范哲睿愣，他從來沒這麼想過。

「想要有選擇的權利就要給自己留一條後路。不要把事情做絕了，小哲。」范維夏勸人心切，不小心叫出上一世幫范哲睿取的小名。

……我討厭睿這個字，我要我自己的名字。

那我叫你小哲好不好？

曾經，一個胖饅頭曾對一個瘦弱的孩子這麼說。童年時期，在世家大族的排擠、冷落中，他們變成彼此的好朋友度過童年時光。

范哲睿愣愣看著范維夏。

沒發現自己說漏嘴的范維夏認真瞪他。

一會，范哲睿笑了。「我又不是折疊腳踏車。」

什麼東西？小孩子思考太跳躍，大叔跟不上。

「……你說得對。」范哲睿抬頭仰望天空，用力吸一大口空氣，憋住，緩緩吐出，連同梗在心裡多年的鬱悶。「有沒有這個睿字，我都是我……」

「蛤？」

「我不想當折疊腳踏車。范哲睿、哲睿、阿睿、小睿，隨你叫……七叔。」

這下換范維夏驚訝。沒想過自己能得到心悅臣服的一聲七叔。

尷尬的年紀、尷尬的輩分，只有跟著年邁的父親，小輩們才會叫他叔，范哲睿發自內心的稱呼讓他喜出望外。

「不是在作弄我吧？」

「真心的……有點懂為什麼你能連跳三級，還能待在那傢伙身邊那麼久。」他是真的聰明。

因為他作弊……活了兩世的大叔心很虛。

但重要的事還是要說：「阿臣是你弟，不要這樣說他。」

「他也沒把我當哥哥。我跟你一樣，在這個家，格格不入。」

「格格不入就不入啊，沒有想過要進去就不會覺得被排擠。」

對親情的憧憬在上一世被家族內鬥消弭泰半，他不敢再奢望，唯一愧對的就是自己年邁的父親。

唯一執著的，只有范姜睿臣，自己錯過一世的愛人。

想到這，范維夏覺得臉頰發熱，莫名害羞了起來。

「我媽不准我比他出色。」

誰？范維夏想了想，領悟。「你媽不讓你表現得比阿臣好？」

「她怕家裡的人說後母偏心自己的孩子，所以冷落我給他們看，證明她無私……很好笑吧。她這樣無私奉獻，范姜睿臣還是沒叫過她一聲媽，連阿姨都沒叫過。」

「……我沒辦法幫他回答。」連他都不知道為什麼。

前世，他到死都不明白范姜睿臣為什麼視自己的家人如仇，尤其是他父親跟范哲睿的母親。

「你也沒有資格幫我回答。」

范姜睿臣清冷略帶磁性的聲音插入兩人對話。

范維夏、范哲睿循聲看去，就見佟莉亞挽著范姜睿臣手臂朝他們走來。

金童玉女般的CP感讓范維夏一瞬間錯愕呆愣。

兩個人躲在這裡討論他的事……范姜睿臣覺得很不舒服，胸口窒悶。

為什麼跟范哲睿忽然這麼好？為什麼可以聊這麼久？為什麼可以那麼自然！

范姜睿臣沒有敗北的經驗，不知道此時此刻的鬱悶感除了來自於身體的不適之外，還有目睹范維夏跟范哲睿相處融洽帶來的挫敗感加成，讓一向沉穩的他顯得浮躁，容易遷怒關心他的人。

范維夏首當其衝。

他臉色不對。范維夏走向范姜睿臣，伸手要探他額頭，被他一手拍開。

范姜睿臣用力吸了口氣，忍住不適，挺直身。

「你不解釋一下？」

「我們……」范維夏和范哲睿對上一眼。

我們——這詞也刺得范姜睿臣頭痛，不悅地看向范維夏，也將范維夏和范哲睿兩人視線的互動看進眼裡，突然有種自己是局外人的感覺。

這讓他的頭更痛，痛得他咬唇硬忍。

夜晚遮蔽視線，范維夏沒發覺范姜睿臣的異狀，回答：「我們在聊音樂。」真相太詭異，最好能避就避。

音樂？范姜睿臣冷笑。「你什麼時候對音樂感興趣了？」七年的相處，再少互動也有一點程度的瞭解。

范維夏沒想到范姜睿臣會注意到他的興趣，畢竟這七年都是他主動跟著他，蹦前跳後的。

范姜睿臣從來沒問過他的好惡，是以范維夏從來不認為他會瞭解他。

他真的不太對勁。范維夏上前，試圖接近。

范姜睿臣再次拍開范維夏伸來的手，牽起佟莉亞的。

「走吧，爺爺差不多要宣布我們的婚事了。」

他想懲罰他，讓他跟自己有同樣的感受，直覺認為說出這句話就能傷害范維夏。也的確傷了他。

范維夏愣愣看著范姜睿臣拉佟莉亞轉身往主屋方向走，挺直的身影、有條不紊的腳步，彷彿剛才的不適只是錯覺。

范維夏感覺眼睛逐漸酸澀、泛熱。

他疏忽了最重要的一件事……

不同的生命軌跡會導向不同的命運。在命運的轉折點上，他選擇B就等於放棄A，不一定能導向選擇A時迎來的結果。

一直都是如此，是他忘記蝴蝶效應是一連串的變數加乘導致連鎖反應的現象。

由小漸大，終成巨變……

之前變化的累積到這次他選擇幫范哲睿，放棄讓范姜睿臣注意自己的機會，等同放棄那個催化兩人關係進展的契機。

沒有今日的開始，就不會有未來那些意外促成他們兩人的相處。如此一來，范姜睿臣未必會像前世那樣瘋狂地愛上他。

蝴蝶效應作用在事件的因果關係——

愛情，也不例外。

※　※　※　※

他說我們，當著他的面說他跟范哲睿是我們……

「范姜，你放手……走慢一點……」

跟范哲睿有說有笑的表情是他從未見過的輕鬆自在……

「范姜！你再不放手我揍死……」佟莉亞還沒出手，范姜睿臣已經倒地。「范姜！」

佟莉亞蹲在范姜睿臣身邊，只見范姜睿臣抓緊胸口，頭痛加劇，呼吸困難，本能地更用力吸氣卻徒勞無功。

「你忍著點，我去叫人──」

佟莉亞話還沒說完，一道人影衝到她眼前，接管眼前的緊急狀況。

「阿臣！阿臣！」范維夏輕拍范姜睿臣臉頰叫喚，測試他的意識反應。「手機開手電筒！」

跟著來的范哲睿還搞不清楚狀況，只能配合。

范維夏扯開范姜睿臣的領帶，解開襯衫釦子讓他透氣，看見他戴在脖子上的玉墜，一愣。

玉墜的形式跟上一世范姜睿臣留給他的東西好像！

「他怎麼樣？」

范維夏回神，打開自己手機的手電筒，熟練地看診，湊近范姜睿臣聽診，果決下判斷：「Anaphylaxis（過敏性休克）！佟莉亞，叫救護車。」范維夏下命令同時，拿出隨身攜帶的腎上腺素注射筆。

從知道范姜睿臣有過敏體質後他就隨身攜帶以備不時之需，沒想到會用在今天。

「沒事，阿臣，你不會有事……不會……」

范維夏邊說邊打開筆蓋，無視身邊人的質疑，將注射筆抵住大腿外側用力按下注射器。

「有我在，你不會有事。」來得及，一定來得及！

范維夏完成注射後，緊張地盯著范姜睿臣的臉，一會，見范姜睿臣眼皮微動。

「醒了醒了！」范哲睿激動喊。「小七叔，你成功了！」

蹲在一旁的佟莉亞正要跟醫院通話：「我這裡有病人，過敏性休克，請派救護車——」話未說完，范姜睿臣出聲打斷。

「不准……不要驚動任何人……」眾人訝異看向躺在地上的范姜睿臣。

范姜睿臣緊抓掌下的手臂，喘了一會感到呼吸逐漸順暢，可以說話後立刻開口。

「范家不能丟臉。」

根深柢固的帝王教育使然，范姜睿臣清楚家醜不可外揚。

「你有病。」范哲睿第一個開口。「命重要還是范家面子重要。」

「現在……不能……」范姜睿臣怒瞪范哲睿，沒忘記他跟范維夏互動融洽這事。

「你真的有病。」這傢伙腦袋裡裝了什麼？

佟莉亞明白范姜睿臣用意，范維夏更清楚，只能慶幸上輩子他被迫處理過不少人情事理，知道怎麼辦。

雖然他不想。

「小睿，去找我爸，把事情告訴他，他會知道該怎麼辦。」

「你不怕我趁機——」

「我相信你。」范維夏打斷范哲睿的話，直視表情挑釁的少年。「不是試探，我相信你是個好孩子。」

「……」范哲睿摸摸鼻子。害羞。

被十四歲的叔叔誇獎自己是好孩子……十八歲的少年感覺很微妙。

「小睿。」

「知道了。」范哲睿說完，朝主屋跑。

范姜睿臣開口要說話時，范維夏搶先提醒：「不要用跑的，慢慢走進去，像聊天一樣去找我爸說話。」

「我知道。」范哲睿確定自己永遠無法像他們一切以范家為重的思維。

「叫車，我們直接去醫院。」

「哦，好……」佟莉亞依言照做，忽然覺得范維夏……很帥。

她這樣欣賞小自己三歲的小弟弟好嗎？

※※※※※

他幫了范哲睿卻差點害死范姜睿臣！

早知如此他就不該……

范維夏打了自己一巴掌穩住心神，不讓自己陷入懊悔的情緒。

這是意外，誰都不想要發生的意外。

「睿臣怎麼樣了？」

范維夏抬頭，看見范老太爺神情緊張地盯著自己，身後跟著他的隨身特助。

卻不見他的二哥和二嫂——范姜睿臣的雙親。

「他正在睡覺。」范維夏心裡暗嘆了口氣。「醫生說他誤食含豆類的食物，造成過敏。」

「你處理得很好。」

「是爸有先見之明，找人教我過敏的急救處理。」范維夏語帶恭敬，幸好父親超前部署，安排他去學這些，雖然他不學也能處理，但解釋起來會非常複雜。

范維夏按照范老太爺的安排學習，心想著或許可以利用這個機會讓范姜睿臣知道自己的爺爺有多愛他，相信有助於他們祖孫倆的感情。

父親真的很疼很看重范姜睿臣這個孫子。

「當初讓你去親近睿臣是對的。」范老太爺欣慰。

范維夏沒有開口，正因明白父親對范姜睿臣的用心，范維夏才希望范姜睿臣和范家人不要走到徹底決裂、你死我活的那天。

不是每個范家人都是凶神惡煞。父親一心期盼家族和諧、團結，可以的話，他希望老人家的心願能夠實現。

「老太爺，時間差不多了。」

「睿臣醒來告訴他，這事我親自處理。」

「好的。」

范老太爺不是個擅長表達感情的人，硬聲交代後就不知道自己還要說什麼，最後拍拍范維夏手臂，離開。

※※※※※

范維夏走進范姜睿臣的病房，放慢腳步走到范姜睿臣床邊。

看見范姜睿臣還在熟睡，他才敢允許自己流露感情，握住范姜睿臣的手。

「幸好你沒事，不然我……」

范維夏坐在床邊的椅子，掬起范姜睿臣的手，額頭輕輕靠上。

他可以冷靜面對每個患者的病痛，獨獨沒有辦法面對范姜睿臣的，從上一世為確認身分看過他遺體後……

范維夏無法想像，如果那時候他沒有因為擔心，選擇跟在范姜睿臣後頭回去，就無法及時趕到他身邊救他。

還好不是要開刀……范維夏在心裡自我調侃，眼眶盈淚。

雖然一直偷偷在練習開刀的手感，但年紀擺在那裡，十四歲無師自通外科手術這種事太離奇，說什麼都解釋不通。

范維夏抬頭看向依然熟睡的范姜睿臣，一會，伸長手輕觸少年的臉頰。

「我喜歡你。」忍不住表白，趁他熟睡的時候開口，范維夏很清楚，這只是一種自我滿足。

但，他也只能這樣。

范姜睿臣出事前說了，要順著范老太爺的意思跟佟莉亞訂婚。

佟莉亞是個好女孩，人品、能力和家世夠般配。

「對不起啊，我們是親人我卻……」范維夏沉默了會，想到這可能是第一次也是最後一次能表明心跡，繼續開口：「我保證，我只說一次，就今天這一次，以後不會再提，我會祝福你跟佟莉亞……以叔叔的身分。」

說到最後，范維夏哽咽得說不下去，支手撐額，淚水溼了眼眶。

真的不想放棄，但范姜睿臣選擇了佟莉亞，他能怎麼辦？

愛情不是一個人單方面付出就能成就，對方不回應，這份感情就只是自我滿足的單戀。

等了七年等到這個答案真的是……范維夏手掌抹去眼淚，他用力深呼吸，吞回失戀想哭的衝動，告訴自己至少范姜睿臣還活著。

只要他好好活著，他可以放棄……他會逼自己放棄……

范維夏將范姜睿臣的手放回原位，像是要留住最後的紀念，握了好一會才不捨地逼自己放開。

「好好休息。」范維夏起身，拉高被子要幫他蓋好。手放開被子的瞬間被人扣住。

范維夏錯愕，抬頭看向范姜睿臣，望進一雙漆黑如墨，凌厲防備的眼。

「你是誰？」出口的聲音清冷中夾帶厲氣。

這問題太敏感，問得范維夏心驚肉跳，一時間不知道該如何回答，惴惴不安自己方才說的話，范姜睿臣聽進去多少。

第五章

范姜睿臣感覺自己睡了很久。

在一個漆黑寂靜的地方浮浮沉沉，他甚至感覺不到自己的存在，彷彿自己是那個地方的一部分。

恍惚間，聽見有人呼喚自己。

阿臣！阿臣！

聽見急切呼喚他的聲音，范姜睿臣試圖睜開雙眼卻沒有辦法，就像被困在海底，沉重的水壓壓得他無法動彈。

阿臣！阿臣！

這世上只有一個人會這樣叫他。

那個人……他想見他！

他已經不知道自己多久沒有見過他，沉睡讓他失去時間感，也沒有空間的概念，只知道自己想見他！

范姜睿臣奮力掙脫沉重壓力的困制，朝聲音的方向移動。他感覺不到自己是否手腳並用、狼狽掙扎，只知道自己越來越接近聲音的來源。

沒事了阿臣，你不會有事……熟悉的聲音頻頻傳來安撫人心的話語。

……有我在，你不會有事。

范姜睿臣眼瞼微顫，對抗意識中宛如深海的黑暗，用盡全身力氣掙脫，終於看見一線曙光。

「醒了！醒了！」有點熟又有點陌生的男孩聲音興奮喊著。「小七叔，你成功了！」

這聲音……范哲睿？

手機手電筒的強光刺痛范姜睿臣雙眼，他激烈地轉頭閃避，只是因為身體虛弱，自以為的大動作看在旁人眼裡只是動了下。

「燈拿開，不要照他眼睛。」范維夏的聲音又傳來。

感受到說話者身體的顫動，范姜睿臣判斷范維夏的位置。

不能放開！好不容易回到他身邊，絕對不能放！

范姜睿臣的身體搶在思考之前抓住范維夏的手臂。

本能驅使，范姜睿臣聽見自己的聲音要求他們不要驚動人，為了范家的表面，這種骯髒事只能在范家內部解決。

范姜睿臣和身體的痛苦對抗了一會，終於可以順利張開眼睛。庭園的戶外照明光線昏黃，只能模糊看見身邊人的臉孔。

范姜睿臣錯愕，眼前的范維夏熟悉也陌生。

為什麼……變年輕了？

范姜睿臣強撐最後一絲清醒，用力抓住范維夏手臂，厲聲追問：

「你是誰？」

來不及等到回應，范姜睿臣腦中一陣強烈刺痛，再度墜入黑暗。

※※※※※

再度昏迷到清醒的過程並不輕鬆。

起初，范姜睿臣做了很多夢，夢見小時候的綁架事件，夢見小時候的范維夏跑來纏著他，夢見他們一起被綁。夢見之後受傷的范維夏還是纏著他，還說要跟他一起住，夢見他們一起生活。

夢裡的范維夏像個黏皮糖，一天到晚追著他跑，巴不得整天黏在他身上，甚至連跳三級，這樣的神童事蹟一度躍上新聞版面。

這些都是他曾經渴望的生活。

當年范維夏因為他遭綁，為了讓他順利逃脫，范維夏撲向要抓他的歹徒，他成功被鄒明豔派來的人救出，范維夏卻慘遭歹徒虐打。

范姜睿臣不確定鄒明豔的人會不會照約定回去救他，他不相信任何一個大人的承諾，堅持留在現場等。等找到范維夏的時候，他滿臉血、手和腳以一個奇怪的角度彎折，躺在地上，就像個破碎的布娃娃。

那是他第二次哭泣。

第一次是他母親過世那天。

從那天起，他天天守在病床邊，等他清醒。

好不容易等到，范維夏卻避他如蛇蠍，一看見他就哭、就躲。

為了不妨礙范維夏養傷，他只能避開。

那次綁架之後，記憶中圓胖愛笑的白饅頭看見他就害怕，不願意再接近他。他只

心機

能遠遠地看著他，小心翼翼守護這個在心裡占有一席之地的人。

直到有一天，范維夏又一次擋在他面前為他仗義直言，暗地關心已經不能滿足他，占有的念頭與日俱增。

但夢裡不同，夢裡的范姜睿臣過著他想要的生活。

不管他多彆扭，范維夏就是會自己跑過來分享生活瑣事。

他嫉妒夢裡的范姜睿臣。非常。

然後，他發現自己感受得到夢裡那個范姜睿臣的喜怒哀樂，通透他所思所想，知道他下一步會做什麼。

他意識到這不是夢。

他就是范姜睿臣，范姜睿臣就是他。

※※※※※

范姜睿臣睜開眼，看見范維夏坐在床邊的椅子打盹。

十五歲的范維夏……

上一世只能遠遠看著的人，如今近在眼前。

范姜睿臣悄悄下床，坐在床沿凝視熟睡未醒的范維夏。

他不知道自己為什麼會重新活過來，屬於他的最後記憶是他三十七歲那年，強行留下的范維夏逃離姜家大宅。

那時的他正面臨公司董事會的老人們質疑那段時間的工作績效。一瞬間，他覺得荒謬，不明白自己在堅持什麼，被掐著脖子的一家之主……這位子有什麼好留戀？

就因為他跟范維夏的事是范家醜聞，活該他一輩子背負氣死爺爺的罪，為范家做牛做馬、任勞任怨當個賺錢機器？

他就算對不起，也是對不起爺爺，關他們什麼事！

真是夠了。范姜睿臣冷笑，拋下那些老人，離開會議室去追范維夏，路上遭遇車禍，最後死於射殺。

范姜睿臣心口因回憶往事泛疼，射進這裡的一顆子彈奪走他的命。

想殺他的人太多，范家每個人都有嫌疑。

死前最後的光景，是天空飛過眼裡的飛機。他可笑地想像范維夏就坐在上頭，好讓他能以這方式看他最後一眼。

他不甘心卻——

不得不瞑目。

死亡降臨就是降臨，不會為任何人緩下腳步。

但他活過來了，回到十八歲，擁有過去十八年不屬於自己的記憶。

原來的范姜睿臣死了？還是靈魂喚醒上一輩子的記憶？

非關重生，只是想起前世？

范姜睿臣覺得頭疼，真的頭疼，劇痛讓他忍不住呻吟出聲。

守在床邊的范維夏一直維持在淺眠狀態，聽見動靜立刻醒來，及時扶住頭痛得差點滑下床的范姜睿臣。

「阿臣，你怎麼樣？」范維夏觸診，沒有發燒，但他臉色很不好看。

范維夏不放心，按下呼叫鈴。「忍一忍，醫生很快就來了。」

范姜睿臣看著范維夏關心的神情，接受他擔心的觸摸與安撫，但沒有因為得到心上人的關注感動。

相反的，他心下一沉。

記憶中十五歲的范維夏還很怕他，就算為他護航，也是一時衝動使然，絕對不會像這人一樣毫無顧忌地接近他、關心他，甚至碰觸他。

他，不是他的范維夏。

※※※※※

范姜睿臣的過敏事件最後以廚師失誤這個結論畫上句點。

得知這個消息，范姜睿臣沒有太大的驚訝。

家族利益永遠凌駕個人之上，就算這個「個人」是他，也不例外。

「你真的相信？」佟莉亞好奇。

「我必須相信。」范姜睿臣語帶玄機，不說破。

在他真的掌握領導權之前，他只能裝傻。

上一世鋒芒太早外露，導致自己腹背受敵，爺爺也怕他劍走偏鋒玩掉范家的一切，授權董事會成立稽核小組牽制他。

這次重來，他會拉攏爺爺，成為他最大的助力。

佟莉亞打量沉思中的范姜睿臣側臉一會，開口：「聽說有過瀕死經歷的人都會頓悟真理。」只有這樣才能解釋他突然這麼有雅量的怪異。

女性的直覺，佟莉亞覺得出院後的范姜睿臣變得……更難以捉摸。

現在的范姜睿臣說話，會讓她想起在公司進入工作模式的父親，話中有話，看似空包的彈頭裡摻雜致命的火藥。

這是英雄歷經苦難 level up 的概念吧。

「也許真的是。」

范姜睿臣繼續走在校園中，快忘記的校園風景逐漸鮮活起來。

俊挺少年和娉婷少女併肩漫步，是校園中一道清純美好的風景。

路過目擊的范維夏也不能否認，再過幾年，他們會是一對讓人驚豔的俊男美女、金童玉女。

范維夏收回視線，搔搔後腦勺，苦笑。「真的搧過頭了……」

但他不後悔，如果因此改變范哲睿的命運，也許他會以不同的形式跟學弟相遇、進而相戀，會有更好的結局。

至於他自己……

他不知道，他這次改變得太多，差點害死范姜睿臣，他怕了。

加上關鍵的生日宴沒有達成上一世的結果，他所記得的未來也不能做任何參考，太依賴記憶裡的未來過日子，一時間，他茫然了。

不知道什麼時候舉辦訂婚儀式？

驀地，他想起唯一確定的未來，關於范姜睿臣的，只是……那個未來不再有他。

希望是畢業之後，這樣他就能以搬到大學宿舍為由缺席。

范維夏將手中的飲料打橫貼上雙眼，突襲的冰涼降溫泛熱的雙眼。

失戀而已嘛，有什麼了不起！

他現在才十五歲，未來日子還很長，重新來過未必不是一個好選項，以後各奔前程、各自安好也不錯啊，是不是！

范維夏給自己猛灌心靈雞湯卻無助於減輕心中痛楚。

不過是重新開始沒什麼大不了……

只是心痛而已，慢慢會好……

范維夏摀著心口蹲在藏身的樹後。

「你怎麼想？」

遠眺某個方向的范姜睿臣回神，轉頭。「什麼怎麼想？」

「我跟你的婚事，你爺爺怎麼說？」那天生日宴因為意外，范佟聯姻的事被擱置在一邊，沒有下文。「我媽很擔心，怕你爺爺嫌我八字不好，害你出意外。」佟莉亞說完忍不住翻白眼。

訂婚？范姜睿臣表情透露困惑。

范姜睿臣仔細回溯記憶，跟佟莉亞之間似乎有這麼一回事，但那不是爺爺的打算，而是之前的范姜睿臣一時意氣用事故意丟出的假消息，想用這假消息試探……

范姜睿臣打住思緒，阻止自己再深入往下想。

「范姜。」

范姜睿臣回神，直言：「沒有婚事。我爺爺並沒有這個打算。」佟家，他爺爺還看不上眼。

佟莉亞錯愕瞪著說出真相的范姜睿臣。「所以那天是你胡說？」

「抱歉。」范姜睿臣做好準備，無論如何，對女方都是失禮的事。

只是佟莉亞的反應大出他意料。

「太好了！」佟莉亞鬆了一大口氣，放心揚笑，出人意表的反應令范哲睿皺眉。心智年齡已達三十七的大叔不解少女心思，困惑中。

「不是你不好，真的不是。」

這種說法跟「你沒有很糟，只是不太好」有什麼區別？

范姜睿臣挑眉，等待下文。

「真的！」佟莉亞認真道。「只是感情不是一個人說了算，你有你喜歡的類型，我也有我偏好的 style，誰都沒錯。」

佟莉亞的話讓范姜睿臣鬆了口氣。「很高興我們達成共識。」

「我也是。」佟莉亞爽快笑應，下一秒，露出不自在的表情。

范姜睿臣發現到了。「怎麼？」

佟莉亞笑瞇雙眼，直截了當開口問：

「你知道范維夏喜歡什麼類型的女孩子嗎？」

范姜睿臣瞇眼，眼神閃過一絲殺氣。

哈啾！

佟莉亞側身打了個小噴嚏，雙臂交叉搓搓手臂的雞皮疙瘩。

奇怪，怎麼突然有點涼？

※※※※※

范睿中從沒想過自己有一天會被四堂哥單獨召喚進學生會長室。

還以為自己會議文書哪裡出錯，結果要討論的是小七叔的貞操危機。

「你的意思是……佟莉亞想當我們小嬸。」

范姜睿臣聽見「小嬸」二字，冷眼掃過踩雷的范睿中，叫得這麼快……「你贊成？」

「當然不！」感覺到殺氣的范睿中不假思索丟出否定答案。「她怎麼配得上我們小七叔。」

四堂哥的生日宴最後以范姜睿臣陪長輩就醫為由順利結束，營造范姜睿臣有情有義的人設，但世上沒有不透風的牆，只要有心想知道，還是能窺探一二。

「可是如果七叔對佟莉亞也有好感……當然不會有這種情形。」頭好痛，堂哥召喚到底是為什麼。「堂哥，這件事應該跟七叔說吧，找我談這件事是不是有點怪……」

不是有點，是非常，但他怕死不敢講。

「誰跟你討論了。」范姜睿臣睨了他一眼，將文件交給他。「看看。」

范睿中困惑地拿起，打開一看，驚愕抬頭看向書桌後的范姜睿臣。「四堂哥，我、我真的可以嗎？」

「我只給你六年的時間。」范姜睿臣看著眼前看似溫和沒脾氣的小堂弟。「只可以更快絕不能慢。」

上一世，范睿中因為得罪三叔的兒子被流放到東南亞一家不起眼的子公司，可惜了一個行政人才。這一世，雖然不知道為什麼他們會有交集，但人才送上門，他不會客氣。

他需要培養自己的人馬。

不管自己是由於什麼原因出現在這裡，他都不會再犯同樣的錯誤，孤立自己、樹立敵人。

「前往羅馬的路不只一條……」

「什麼？」

「不要讓我等太久。」

「是……是，堂哥！」范睿中抓緊文件，神情激動。

他手中的不是文件，而是自己的未來。

※※※※※

范維夏看了下手機，十點二十五分。

「這不是一個高中生的正常生活。」他嘀咕。

最近范姜睿臣總是一大早出門，深夜才回家，他們只有在教室才碰得到面。

學生會那麼忙嗎？他試著打探，以前還會打小報告的侄子不知怎的變成蚌殼，一問三不知。

過敏性休克讓范姜睿臣的精神緊繃，雖然說是廚師的失誤，但理由太蒼白，連范維夏都可以發現范老太爺息事寧人的態度。

不願意追究到底，恐怕是因為幕後黑手出自本家，不能讓旁支的族人看笑話。

父親說要讓范姜睿臣提早接觸家族事業，恐怕是想提早訓練范姜睿臣掌家的能力、替他打好基礎吧。

范維夏不平范姜睿臣的遭遇被錯待，同時也心疼年邁的父親到這歲數還要為晚輩們操勞。

這讓他想起自己後來立志學醫的原因——照顧父親。

那時候的自己好單純，因為一直不曾進入家族核心，他不知道家族光鮮亮麗表象下不堪的陰私，一直到范姜睿臣過世，他接手一切才明白范姜睿臣的不容易。

原以為能用自己知道的未來幫上忙，現在，一切都亂了套。

他擅醫不擅商，工作上幫不了忙，只能努力照顧他的身體。

「也要身體的主人回家啊……」范維夏躺在沙發上滾來滾去，十分適應自己高中生的模樣。

范維夏忍不住又傳了簡訊問他何時回來，前頭已經有三則簡訊，都沒有回應，是今天的；在這之前同樣的內容有好幾則，同樣沒有回應。

范維夏注意到什麼，開始刷起手機螢幕，連續幾天，都是自己發出的簡訊，一則又一則，中間沒有來自范姜睿臣的回應。

就在這時，手機簡訊聲響，顯示一則新留言，來自范姜睿臣。

范維夏興奮地點開閱讀，瞬間像是被澆了一桶冷水。

跟莉亞吃宵夜，晚回。

范維夏拍拍臉頰，笑了。「白痴哦……怎麼忘記了……」

忘記，過去已經改變，回不去他們曾有的未來。

也忘記，范姜睿臣身邊的人已經不是他。

※※※※※

范姜睿臣看著手機裡一分鐘前自己發出的訊息。

一分三十秒，沒有回應。

這樣就夠了吧。

「美國股市開始了。」鄒明豔提醒。

范姜睿臣收起手機，走到鄒明豔身邊，後者好奇地打量。「怎麼突然對股市感興趣了？」

「因為能賺錢。」

「每個抱著這種想法進場的菜鳥最後都哭著出來。」鄒明豔不客氣地說，再度追問：「錢你夠多了，理由？」

「有錢才能買權。」

鄒明豔驚訝地看向范姜睿臣。

本來打算二十歲再讓他接觸實務，沒想到一場過敏性休克之後，范姜睿臣自己有了危機意識。先是問她怎麼拉攏人心，而後主動表態要學習實務，每天放學就來找她這個他最討厭的人。

不是找范家，而是找她。

「我以為你會選擇跟著范家老頭學習。」

「爺爺沒有妳敢衝，也沒有妳狠。」

鄒明豔驚訝了。「原來你對我的評價這麼高。」

「他有一大群家累，而妳沒有什麼可失去。」

最重要的已經失去，還怕失去什麼。

鄒明豔咬唇，范姜睿臣的直言刺痛她的心。

「你還要為文翡吃我的醋多久？」這個戀母情結的臭小鬼。

「一輩子。誰叫妳在她心中比我重要。」

她討厭這小鬼，真的很討厭。

討厭他愛記仇的臭脾性。

卻沒辦法討厭他這種繞著彎的示弱討好，也驚訝他的討好。

「幫我一個忙。」不是詢問，而是通知，並非命令式的口吻，而是熟稔到無須客氣的那種親近。
鄒明豔聽出來了，再度訝異，也因此注意到范姜睿臣對她不再像過去帶著敵意。
她一直在利用這份敵意逼范姜睿臣前進，確保他的心性不會被誰影響帶偏，避免他被范家裡的有心人捧殺成庸才，也讓他隨時保持警惕心，防備身邊每一個人。
這孩子還太弱，不夠強到能獨自面對外頭的風雨。
今天，他主動來找她，表示要動用他母親留下的財產。
不只是她，連她手下都驚訝了，隨身特助更是呆了十秒。
這孩子，一夕之間長大了，像……變了個人。
「為什麼突然改變這麼多？」
范姜睿臣一愣，垂眸。
為什麼呢？
或許是因為三十七歲的他經歷太多悲劇，別人的、自己的……
他記得他正式接班的那天晚上，鄒明豔自殺了，將自己和姜家的財產全留給他。
他才知道她視他如子，只是他的敵意不曾因為長大消滅，她也沒有機會表露母親溫情的一面。他們沒有建立受託人與受益人以外的關係，以至於沒有任何人事物值得她繼續留戀這個世界。

於是完成愛人的請託之後，她毅然決然結束自己的生命，去見她，去找她要當年來不及聽見、他母親請他轉述的那句話。

收到遺書的那一刻，他才知道自己錯過什麼卻已經無法挽回，再次被死亡狠狠搧了一巴掌。

「有過瀕死經歷的人都會頓悟真理。」

他不知道自己為什麼得到重來一次的機會，也不知道身邊的人事物為什麼有些變、有些不變。

變與不變的關鍵是什麼？

如果他也加入一些變因，會帶來什麼改變？

既然活了下來，就不能再重蹈覆轍。

他想看看，自己加入的變因最後會帶來什麼結局。

鄒明豔不知道怎麼回應范姜睿臣這句話，只能接受，否則她也很難理解范姜睿臣忽然改變態度的原因。

鄒明豔旁觀范姜睿臣交代下單的內容，先是驚訝而後微笑。

范姜睿臣是個天生的商人。

「幸好你活過來了。」鄒明豔欣慰他遺傳了心上人出色的商業頭腦，而不是他父親的蠢笨。「感謝你母親吧，送你的護身符發揮作用保護了你。」

「是有人及時……」范姜睿臣本想說是范維夏救得及時，跟生日宴前她代轉母親給他的這份禮物沒有關係……

思緒乍停，范姜睿臣想到自己頭疼的症狀似乎是從戴上這枚古玉墜才開始。

范姜睿臣輕撫躺在鎖骨處的古玉。

難道他遭遇的奇事跟這枚玉墜有關？

※※※※※

凌晨三點半，門鎖開啟的聲音輕響，打破一室靜謐。

范姜睿臣回到家，一如以往換上舒適的室內拖走進大廳，看見睡在客廳沙發的范維夏。

范姜睿臣暗嘆了口氣。

他能很快適應醒來之後不同過往的變化與新的人際關係，獨獨對自己跟范維夏之間，還無法拿捏出適當的距離。

范姜睿臣放下書包走到范維夏躺睡的沙發，坐在茶几俯看自己熟悉也陌生的臉。

這是范維夏，也不是范維夏。

范姜睿臣沒有辦法接受這樣的模稜兩可。他翻找書籍，想找到一個合理的推論解釋在自己身上發生的事，從理論到小說，他沒有一個放過；但無論是平行時空或多重宇宙，甚至是命運的玄學說法，都不能說服他接受眼前的人就是他愛的范維夏。

就算外表一模一樣，內在不同對他來說就是不同的人。

如果外表相同就能接受……是愛？還是自我欺騙？

不是從內到外、原原本本的范維夏他不要。

他寧可清醒地承受失去范維夏的痛苦，也不要假裝糊塗，拿外表做妥協的理由騙自己。不但汙辱他的范維夏，也汙辱他對范維夏的感情，更是對眼前這個范維夏的冒犯，他不是替身，該有他自己的人生。

在他醒來前的范姜睿臣或許對這個范維夏是有感覺的，否則不會謊稱跟佟莉亞訂婚來試探他的反應。或許會發現自己不是單戀，或許兩人會有發展，但那都只是推敲出的或許，還沒有發生。

他來了，切斷一切開始的可能性。

某方面來說，他來得及時。

是時候讓兩人各歸各路——這是他唯一能做的。

「你回來啦……」

夾雜睡意的呢噥嗓音召回范姜睿臣的思緒，垂眸看看范維夏緩緩起身，揉眼邊說：「怎麼這麼晚……」

一樣的聲音、一樣的說話方式、一樣的動作，偏偏……不是他。

「怎麼不回房裡睡？」

「等你……」范維夏坐起身，人也清醒了大半。「你最近都很晚回家，忙什麼？約會啊？」

「……是啊。」范姜睿臣順勢道。

如果誤會可以解決一些事，他配合。

范維夏垂眸苦笑。

這是現世……不，隔世報吧。他用假同事拒絕范姜睿臣的感情，這個世界的范姜睿臣用真交往回敬他。

「她怎麼樣？」跟她在一起快樂嗎？幸福嗎？能讓他放心把他交給她嗎？

沒什麼印象，他只能給最籠統最安全的答案：「人很好。」

「有拍照嗎？我看。」有照片有真相，看完真相讓他放下最後一份擔心。

不相信嗎？「下次補拍。」一樣籠統不確定的答案。

「好。」會這麼說就表示他是認真的，那就這樣吧。

這恐怕是他們最有默契的一次對話，一個不會拍，一個不會看，兩邊都在敷衍。

范維夏訝異地抬頭看范姜睿臣，似是看出什麼，點頭。「好啊，早上聊。」

「我們……早上談談？」

「上樓睡吧，這裡涼。」

「嗯。」

沉默再度降臨。

范姜睿臣先有動作，轉身去拿書包。「我先上去了。」

總要有人先拉開距離。

「好。」

范姜睿臣拿著書包往樓梯走，回頭看，范維夏還維持原來的姿勢坐在沙發上。

那模樣……讓人舉步維艱。

范姜睿臣下樓，走回到他面前。「為什麼還不上樓？」

「腳抽筋……」

范姜睿臣愣住，想起他的范維夏也有這毛病，移身坐在離范維夏的腳最近的沙發位置，在他收腳之前抓住。

「不要按！」

「按了才會好。」范姜睿臣熟練地按他小腿肚。「這裡？」

范維夏搖頭，眉眼因痛皺得面目猙獰。

直覺使然，范姜睿臣按住腳趾，范維夏立刻哀叫回應。

跟他一樣，總是腳趾抽筋。

「你說什……」腳趾強烈的抽痛奪走范維夏的話語權，忍不住捶打范姜睿臣。「放開我，很痛啊……好痛……」

范維夏掙扎，不敵范姜睿臣的力氣，放棄地躺回沙發椅背哀叫，抬起手臂摀臉。

真的很痛！痛得他忍不住流淚……

為什麼偏偏在這個時候才對他好！

※※※※※

范維夏看著背自己上樓的少年肩膀。

這大概是繼綁架事件之後他們距離最近的一次。

也是最後一次。

「聽說你——」

「我推甄上醫學院了。」

兩人同時打破沉默，打算說同一件事。

「我知道，恭喜。」

「學校很好。」喉嚨有點乾澀，范維夏咳了咳。「我打算先搬過去適應環境。」

「……什麼時候搬。」

「下個禮拜三。」

無視心口微痛的感受，范姜睿臣沉聲道：「需要幫忙說一聲。」

「好。」

范維夏應聲，環抱范姜睿臣肩膀收緊力道，無聲道別。

真希望這樓梯再長一點，讓范姜睿臣再多背一會。

可惜——

房間，近在眼前。

任何事都有盡頭，一如他和他的關係。

第六章

范維夏環視自己住了七年多的房間，確認是否有遺漏的東西。

房間裡，只剩下一疊又一疊的書，沒有任何個人生活相關的用品。

「需要我派司機載您過去新的住處嗎？」周嬸主動詢問，表達關切之意。

畢竟相處久了，還是有些感情，突然要搬，難免關心。

「不用，搬家公司的大哥答應順便載我過去。」范維夏婉拒。范家的家世確實讓他生活無虞，但也不至於忘記以前的生活，加上在家族中不被待見，很多事需要自己親力親為，范維夏一直沒有養尊處優的貴氣，十分清楚市井小民的生活。「謝謝。」

周嬸被道謝得有點不好意思，轉移話題道：

「這些您都不要了？」

「嗯，不要了。」范維夏指著自己腦袋。「該記得的都在這了。」

周嬸驚訝，發現自己不小心情緒外露，咳了咳又板起嚴肅的表情。

「阿臣以後拜託您多多照顧。」

是嫌她沒做好工作嗎？周嬸皺眉，不悅。「這是我的工作，我自認非常盡責。」

「我不是那個意思。您一直都做得很好，只是不敢管他。」

周嬸愣住。

范維夏點出事實。「我可以瞭解他是老闆，您不方便過於干涉，但他只要專心做事就會忘記吃飯、休息，可以的話，希望您盯著他。」

周嬸想起平常都是范維夏拉著范姜睿臣吃晚飯，或拉著他出去散步消食，原來不是愛鬧，而是關心。

「不要讓他喝太多咖啡……妳泡稀一點，他那個爛舌頭喝不出來。」

周嬸驚訝了，從小看著他長大，一直以為少爺是不愛說話、情緒不外露，對吃不感興趣，沒想到是味覺遲鈍。

「書就麻煩您幫我處理……」范維夏想，連忙補充。「還有……」

※※※※※

「提醒我喝水？」

「是，范先生是這麼說的，說您不喜歡喝水。」

范姜睿臣沉默，走到窗邊，俯瞰停在前院的搬家小貨車，畢竟住了七年，搬家仍需要費一番工夫。

這個范維夏真的很關心他——之前的他。

周嬸看著范姜睿臣的側臉，猶豫了會，開口：

「您真的希望范先生搬走嗎？」

范姜睿臣轉頭看周嬸，她難得說工作以外的話。

周嬸緊張地交握雙手。「范先生沒說之前我都沒發現您的狀況，以前覺得他一直在干擾您的生活，現在想想，那些都是他關心你採取的行動，連您喝水的狀況都能注意到那要多用心啊。」

范姜睿臣暗嘆氣。

此刻，范維夏走到前院指示搬家工人調整東西。

「少爺……」

范姜睿臣轉身走出書房，拒絕再聽管家說話。後者見狀，認為小老闆心中已有定見，無法轉圜，只好默默跟著走出。

范維夏的房間就在二樓第一間，因為要處理留下的書，沒有關門。

七年前，范維夏仗著救命之恩硬要住進來，一挑就挑中這間。

周嬸驀地想起，那時自己曾提醒當年才七歲的范維夏靠近樓梯的房間有點吵。

范維夏說沒關係，這樣他就知道范姜睿臣有沒有回家、有沒有上樓睡覺。

從小就這麼照顧少年的親人，離開多可惜。

但人長大了總有自己的人生路要走。周嬸單純地以為范維夏搬出姜宅，就像孩子大了要離巢，都是必經的成長過程。

只是家裡以後再也聽不見范先生的說話聲和笑聲，又要安靜了。

「這些都是他留下的書？」

周嬸回神，看見范姜睿臣站在范維夏房間裡的書堆前，正在翻看一本書，神情有點不對勁。

周嬸也緊張地跟著走進房間。「是的。」

范姜睿臣又拿起另一本書翻開折頁的部分。不同於他人用書籤或折書角，范維夏書排得整齊，但用書非常粗暴，習慣折整頁紙好讓書角外露方便找，書角上寫著整理的關鍵字，虐書虐到讓愛書人看了可能會想把他吊起來打一頓。

記憶中，只有一個人會這麼不珍惜書。

范姜睿臣撫摸著書角上的字跡，越看越心驚。

這字跡熟悉得讓他手指發顫。

一樣的字跡、一樣的折法，難道……

「少爺！少爺！」

周嬸錯愕，第一次看見范姜睿臣神情激動，看著他驚慌跑出房間。

※※※※※

書最重要的不是本體，是裡面的知識。

曾經，有個男人為自己虐書的行徑這麼解釋。

他不相信，一度考證，那男人一一答出他問的關於書中內容的問題。

「少爺，跑慢點，小心樓梯！」

范姜睿臣無暇顧及管家的叮囑，三步併作兩步衝下樓梯。

會嗎？錯過的他們，在這裡重逢？

會有這樣的奇蹟嗎？

范姜睿臣衝出大門，此時的范維夏正要上車。

「維！」

范姜睿臣大聲喊出自己過去擅自決定的暱稱。

在他受不了范維夏的冷落、受不了他愛上別人的刺激，將他囚禁在姜家、強制他行動的那段時間，只有這個在做愛時才敢出口的暱稱讓他有彼此相愛的錯覺。

范維夏停止上車的動作，看向范姜睿臣。

范姜睿臣停步，站在原地等著范維夏的反應。

如果是奇蹟，請讓它成真……范姜睿臣內心不斷重複祈禱。

他不信神，但此刻他希望神真的存在。

范維夏轉頭看向車內，似乎是在開口說話。因為隔著一段距離，范姜睿臣聽不清楚，只看見范維夏說完，抓著車門把手，眼看著就要上車。

范姜睿臣一個箭步衝上前，從後面勾抱住范維夏的腰，強制地將人抱下來，緊緊扣在懷裡。

「是你吧？」聲音有些顫抖。

他想起上一世，范維夏是要離開他的。

范維夏離去的身影擾亂范姜睿臣的心，忘記剛醒來時范維夏對他的態度與記憶中的不同。

「是你對不對？我的范維夏。」

※※※※※

范維夏以為自己做好離開的準備。

畢竟人家都準備要訂婚，走上他不知道的另一個人生。

真要走的時候，和過去一樣，邁不開步伐。

他想起上一世離開姜家大宅時，在鄒明豔派來的特助眼皮底下，自己的動作有多拖延，暗想最好拖到范姜睿臣得知消息趕回來阻止自己，讓自己有理由繼續「被迫」留在他身邊。

只有「被迫」，他才能說服自己忽略和范姜睿臣的關係是……旁人眼中的不倫、悖德。

他們是親叔侄，卻彼此相愛。

上一世，他是個膽小卑鄙的人，不敢扛這個十字架，卑劣地丟給范姜睿臣獨自負重前行。

這一世，他已明白，這世上沒什麼比失去范姜睿臣更可怕的。

他錯過一次，不能再錯。

於是，他做好悖德、不倫的決心和范姜睿臣一起背負，不讓他獨自承擔，誰知道范姜睿臣卻選擇另一種人生。

他的勇氣瞬間變得荒謬可笑。

但他選擇尊重。至於自己這段時間的期待……

就算是還他上輩子對自己的感情，雖然相較之下，他為范姜睿臣付出的，根本不成比例。

「要走了嗎？」搬家公司的司機詢問。

范維夏收回心神，走到貨車副駕駛座，抬手抓住車門前把手，準備上車。

維！

范維夏錯愕，腦海中瞬間閃過無數兩人曾經的親密畫面，范姜睿臣總會在快到高潮的時候在他耳邊這樣叫他，那時候的聲音低沉撩人。

喊他的人從屋裡衝出來，匆忙、慌亂地來不及換鞋，一腳赤裸、一腳趿著室內拖，模樣有點狼狽。

是他嗎？一直追著他的范姜睿臣？

范維夏瞬間眼眶一熱，意識到自己快哭了。

他覺得丟臉，瞅見車上有面紙，踩著車踏板要上去拿，身後突然探出一隻手，用力勾抱住他的腰往後拉，力道重到讓他痛得悶哼出聲。

「是你吧？」聲音充斥耳邊，伴隨激動微顫。

腹部再度感受到被緊箍的力道，范維夏聽見身後的人不確定地再問：

「是你對不對？我的范維夏。」

一瞬間，眼淚控制不住溢出，落在范姜睿臣摟抱他的手背。

※※※※※

屋裡，周嬸有點擔心忽然衝出門的小老闆，但她只是名管家，謹守分際是基本的專業態度。

但腳步還是忍不住往大門移動。

她是姜家的老人，服務過姜老爺、小姐，如今到少爺……這是姜家唯一的根。

周嬸想定後，打開門，就見她家少爺牽著范維夏快步進屋。

「少爺？」

周嬸只來得及看見范維夏朝她微笑時露出的酒窩和虎牙。

范姜睿臣緊抿著脣、一臉凶相地嚇退因清潔工作不小心擋到他路的家政婦，沒有因任何事物減緩速度，拉著范維夏直奔二樓第一間房，大力鎖上。

「周嬸，少爺怎麼了？」家政婦好奇。「看起來很生氣的樣子，范先生做了什麼惹他生氣的事嗎？……不會是順手牽羊──」

「做好妳的工作。」周嬸冷著臉打斷家政婦的話。「不要隨便臆測少爺的事。」

「……是。」家政婦回去繼續工作，表面恭敬，實則內心不以為然。

周嬸瞇眼，看著家政婦的背影，心想。

希望下一個能謹守分際。

※※※※※

磅！范維夏的房間門被大力關上。

范姜睿臣將范維夏推向牆邊，一手按住范維夏的肩頭，一手捧著他臉頰，拇指輕柔地磨蹭柔嫩的肌膚，沒有開口，就只是專注地凝視著范維夏的眼眸，手移到他眼角抹去殘留的溼意。

剛才的眼淚已經道出答案。

范姜睿臣的手指彷彿帶著電，范維夏因此微顫。

范姜睿臣微往前傾，緩緩靠近范維夏，視線隨著逐漸拉近的距離仔細掃視他的臉，以視線為吻，任何一處細微也不放過。

范維夏感覺到他按肩的手移到自己的腰後，忽然一個使力，他整個人落入范姜睿臣懷中。

撫摸他臉的手也移到腰後，雙手在他腰眼處交握。

范姜睿臣垂下頭，靠在范維夏肩膀，雙手慢慢收緊，直到范維夏呼痛。

「痛……」

真的是他。懷中人的反應再次告知他不是夢，他的范維夏，也存在這個世界。

「什麼時候來的？」

「七年前，綁架事件之後。」

「你沒躲，選擇留在他身邊？」

「我以為他就是你，不願意去想他不是。」

比起平行時空，因為某種緣故到了不同的時空，范維夏寧願相信自己是回到過去，遇到的是同一個內在的范姜睿臣。

「我也不敢想在我來到這裡之前的我是不是原來的我，否則……」他怕自己害死這個世界無辜的另一個自己。

「沒有誰害誰的問題。」范姜睿臣太瞭解他的醫者仁心與道德原則。

這也是當初無論自己再怎麼逼都無法讓他面對兩人感情的主因，也是為什麼不願讓他知道自己對范家做了什麼的原因。

「比起靈魂重生，我更傾向相信我跟你之間存在某種奇妙的連結，讓我們的意識先後來到同一個時空，進入這個世界的范姜睿臣和范維夏的意識，他們是我們，我們也是他們。」

真相不可考，他們只能做讓自己心安理得的解釋。

唯一可以確認的是，錯過的他們如今再度重逢。

「我以為他是你，一切可以重來。」

「所以你選擇的是留在『我』身邊。」

范維夏訝異看他，一會，低頭靠在范姜睿臣肩上，忍笑。

這人，連自己的醋都吃。

忍著笑的同時又想哭。他到底多在乎他，才會吃自己的醋？

「你呢？」

「過敏休克之後。」范姜睿臣回答同時一手握住他垂在身側的手，手指微開滑入他指縫，十指交握。

范維夏為之一顫。

范姜睿臣偏過頭，雙脣滑過他頸側，帶來令人顫慄的親暱接觸瞬間拉開距離，凝視范維夏，微紅的眼眶泛著淺淺的水光。

范維夏訝異。范姜睿臣很少在他面前流露軟弱的情緒，不管是過去的他還是現在的他，都一樣驕傲倔強。

忍不住抬手接近范姜睿臣眉眼，隔著一個感覺得到他體溫的微小距離，不敢碰觸。

覺得在做夢的不只范姜睿臣，即便對話過，范維夏仍覺恍惚。

他們的重逢太玄幻，像泡影，隱藏著破滅的可能性。

范姜睿臣握住他的手貼在自己臉上，感受溫度。

「是真的。」他懂他的擔憂。說完後，范姜睿臣偏過臉，輕咬了下范維夏的手又落吻安撫。

范維夏傾身緊緊抱住范姜睿臣，臉埋進他肩窩悶聲落淚。

范姜睿臣一手移到范維夏腦後，托著他後腦讓他抬起臉，輕輕地吮去他不受控制的淚。兩人之間，范維夏總是情緒豐沛外露的一方。

無論是愛他，還是因為愛他而起的痛苦……范姜睿臣都看在眼裡，卻無法放手。

安撫的吻持續，范姜睿臣沒有他想，彷彿虔誠地親吻信仰的神祇，直到神祇彷彿被誘惑似的，側首配合凡人的角度，在他親吻自己脣角的瞬間貼上他的脣。

神允許了凡人的親近，范姜睿臣吻上范維夏柔軟的脣，感受著相隔一世的甜美。

范維夏倒抽一口氣，輕微的聲音點燃范姜睿臣本能裡對范維夏的渴望，輕吻轉而熱烈，溫熱的舌舔過范維夏雙脣後頂開脣瓣探入范維夏的口腔，挑動他柔軟的舌。

久違的強硬親吻，露骨且熟悉，范維夏下意識抓緊范姜睿臣手臂，被動地任范姜睿臣攻城掠地，長驅直入。

舌尖交纏、相濡以沫，發出親暱的聲響，伴隨失控的喘息，引燃更多對彼此的渴望，范維夏懷疑自己為什麼能撐到現在還不昏倒。

范姜睿臣一手撫過范維夏後腰按在臀部托高，引他雙腿微張後往前一站，嵌進他雙腿間，兩人距離瞬間歸零。

范維夏被吻得氣息紊亂，感覺到范姜睿臣的體溫與慾望，瞬間臉紅。

「阿臣……嗯……」

「嗯？」范姜睿臣輕應，清冷略帶磁性的聲音添入慾望的低沉。

「我還沒——」

敲門聲打斷范維夏的話，兩人被硬生生從情慾中抽離。

「誰？」誘人的聲音不再，只剩被打擾好事的不悅。

外頭，傳來管家的聲音：「范先生，搬家人員問您好了沒。」

范維夏看向范姜睿臣，呼吸因方才的激吻微喘。「還，還要我搬嗎？」

如果問范維夏想不想搬，他很難說自己不想。

上一世住在姜家的日子痛苦與快樂並存，隨處都能讓他觸景傷情。只是秉性堅強加上心理狀態良好，他能自我排解傷感的情緒，但是每天都要經歷幾次，終究是個心理上的負累。

范姜睿臣看著范維夏，像是看不夠似的，一會開口。

「搬。」范維夏瞪大眼，不敢相信范姜睿臣給的回答。

「我跟你一起搬。」

范維夏錯愕，眼睛瞪得不能再大。

「我跟你走。」姜家大宅有太多兩人不愉快的過去，既然他們奇蹟地重新來過，他不想讓范維夏有觸景傷情想起過去的可能。

那些過去……太多是他對他的傷害，或因他而起的痛苦。

驚訝瞪大的眼呆了幾秒，彎成帶笑的月。

不可知的未來，范姜睿臣不介意再加入這一項變因。

他要跟他重新開始，這次——

絕不分開！

※※※※※

范姜睿臣的雷厲風行不是尋常等級，上午說搬，下午立刻找到離范維夏學校最近的透天別墅，直接用錢敲昏屋主。

現金出手，就像當年范維夏買傘，范姜睿臣不計代價買下別墅，讓屋主捧著千萬淨利開心轉讓，他則立刻安排人手整理房屋。

隔天放學，范姜睿臣帶著范維夏回到整頓好的新家。

范維夏錯愕地看著眼前的別墅，不是豪門氣派的那種。眼前的別墅平實而精緻，白色的灰泥牆結合寶藍色屋瓦，清新不落俗套，前院一邊是停車位，一邊是小庭院。

一切的一切，都是范維夏上輩子曾經跟他說過，自己心中對家的想像。

「進去吧。」范姜睿臣輕輕推了他一下。

范維夏回神，愣愣地任范姜睿臣牽自己走進庭院，還沒進屋，一聲犬吠引他注意，循聲看去，一頭黃金獵犬的幼犬跑向兩人。

范維夏驚訝極了，看向范姜睿臣，後者已經戴上口罩，顯然知道自己過敏原裡有一項叫動物的毛。

「其實不養狗沒關係的。」狗毛對范姜睿臣來說是危險，能避免就避免。

「我跟醫生確認過，這能克服。」只要能取悅范維夏，讓他開心，要他做什麼都行。

范維夏還來不及消化范姜睿臣帶給他的感動，接著感覺掌心一涼，低頭看，范姜睿臣將鑰匙放在他手上。「我給你的家，收好。」

這個人……

范維夏反握范姜睿臣的手。「不是給我的，是我們的。」

我們的……這三個字大大取悅了范姜睿臣，脣角勾起淺笑。

范維夏連同鑰匙，一起握了下他的手後放開，走向屋子。

范姜睿臣跟上，在范維夏打開門進屋時也跟著往前走，卻被他擋在門外，困惑地看他關門。

什麼意思？饒是早慧近妖的范姜睿臣也想不透。說好的我們的家呢？

一會，門開，就見范維夏燦笑地望著他。

「你回來啦。」

范姜睿臣明白了，脣上淺淡的笑瞬間加深，不自覺地流露溫柔寵溺的神情看著眼前的人。

不常笑的人忽然燦笑，剎那間，帶來如冬雪春融般的溫柔暖意，看傻了迎接的范維夏。

呆愣中，他聽見范姜睿臣的回應。

「我回來了。」

回應的聲音喜悅中難掩激動。

這樣情人般的互動，他們曾經錯過一輩子。

※※※※※

入夜時分。

洗完澡的范維夏頂著一頭溼髮，跑到范姜睿臣號稱是兩人主臥的房間前，神情有點忐忑。

會這樣源自於下午談到房間分配——

就像熱戀中突然決定同居的情侶，兩人爭執著該同房睡還是分房睡的問題。

范姜睿臣神情愧疚地看著范維夏，沉聲開口：

「你不想同房是不是還很在意過去我對你……」

「不是，我只是……覺得太快。我們都需要時間適應。」

「我們已經錯過一輩子，還要再等？」

「說要重新開始，何必數著上輩子的時間？」

范維夏認為自己說的口氣很和緩，但范姜睿臣抿緊脣，沒再說什麼話，只是後面看其他房間時沒再多說話，似乎是在生悶氣。

范維夏不知道范姜睿臣怎麼想，但對他來說，上輩子，兩人中間隔著太多阻礙，他們並沒有真的談戀愛。

這一次，是他跟范姜睿臣的第一次戀愛，難免生澀、慌亂。他們彼此都需要時間適應，而他不想因為小爭吵招致不必要的誤會，影響兩人感情。

上一世，他們的誤會夠多了。

思及此，范維夏停在范姜睿臣門前，想到自己要說的話，臉上露出微妙的表情。深吸口氣穩住情緒，范維夏抬手敲門，聽到范姜睿臣回應後，打開門。

范維夏一進范姜睿臣的房間，入眼的就是無法忽視的雙人大床。

「有事？」范姜睿臣問，正在用浴巾擦頭髮。

簡單扼要的問句讓范維夏感覺到范姜睿臣……果然還介意。

他思索著怎麼開口。

范姜睿臣走近范維夏，抓著拭髮的浴巾兩端，一甩，浴巾被甩到范維夏後腦，范姜睿臣收網似地將范維夏收到自己懷裡，幫他擦頭髮。

珍視的舉動讓范維夏悄悄鬆了口氣。他沒生氣。

「為什麼？」

……沒生氣才怪。

范維夏苦惱不知道怎麼說，因苦惱不自覺咬脣。

范姜睿臣拇指撫上被咬的下脣。「不准咬。」命令式的口氣讓人皺眉，下一秒的話又讓人感動到無法生氣。「會痛。」

范維夏微啟脣，沒有再咬。

范姜睿臣滿意地磨蹭柔軟的下脣，忍不住低頭淺嘗，出浴後的脣沾染了水氣，更豐潤柔軟。

氣氛瞬間添了曖昧的情動，范姜睿臣黑眸漸深，直勾勾地盯著范維夏，彷彿獵人相中合意的獵物。

十八歲的血氣方剛，伴隨失而復得的喜悅，渴望更進一步的接觸確立彼此關係。

范姜睿臣也這麼做了，將范維夏擁入懷中，親吻他略帶溼意的髮際。

「維……」

范維夏全身一顫，飽含慾望的邀請讓他繃緊神經。

范姜睿臣探入衣襬的手摸上范維夏纖細的腰側，少年的身體介於男孩和男人之間，引人遐思。

「不行！」范維夏抓住范姜睿臣的手，滿臉通紅惱瞪一路進攻招惹自己的男人。

男人困惑地看他。「為什麼？」

要他怎麼說……

范維夏微惱地看著他。「我現在才十五歲。」

范姜睿臣點頭表示知道。「所以？」

范維夏著惱，為什麼是他來解釋這個問題。

氣惱范姜睿臣把自己逼到這尷尬境界，范維夏抓著他的手摸上自己鼠蹊部。

范姜睿臣愣，低頭看臉頰紅透的范維夏。

不同於范姜睿臣的慾望勃發，范維夏的生理反應平靜得嚇人。

范姜睿臣恍悟。「你才十五。」

「對，才十五！」要他重複幾遍。

因為才十五歲，身體發育還沒完全，輩分是人家七叔的少年到現在連初精都還沒有，更別提勃起。

只恨這時年紀小！

「這是你分房睡的原因？」

范維夏點頭，下意識又習慣要咬脣，范姜睿臣搶先一步阻止，忍笑將人摟進懷中，牢牢抱住。

「不是討厭我就好。」壓抑慾望的低沉語氣透著一絲輕鬆。「我不想你討厭我。」

「我不會……不可能。」上輩子生離死別的悔恨太強烈，一回想起來心就痛得不能呼吸，他無法再承受一次。

只有切身經歷過生死的人才會明白，世俗的桎梏不值一哂。

范姜睿臣笑了，和范維夏相認才第二天，他的笑容比過去的十八年要多。

「我等你。」范姜睿臣說著，溫柔地親吻范維夏額角。

被抱坐在范姜睿臣腿上，范維夏明顯感受到范姜睿臣方興未艾的慾望與高熱緊繃的身體，漲紅了臉，偷覷力持鎮定的范姜睿臣，覺得他有點委屈。

「那個……我幫你吧？」

「不，我不要只有自己。」摟緊懷中人，用身體感受他屬於自己的事實。慾望壓抑得辛苦，心靈卻很充實，真切感受到什麼是幸福。

「我等你長大一起。」

范姜睿臣直白的話讓范維夏羞惱得想把頭埋進土裡。

早知道就不問了。

第七章

私人武道場內，范姜睿臣身著武道服、腰繫黑帶，冷眼掃過眼前三名身形剽悍的外國教練。下一秒，三名教練同時衝向他發動攻擊。

在三人面前顯得瘦弱的范姜睿臣不退反進，鎖定三人中較瘦小的，掌根迅速正擊對方下顎，趁對方踉蹌瞬間腳下一拐，扳倒對手後立刻往前翻滾閃過身後的伏擊，回頭抓住對方的拳頭往關節重擊，再往前扣住對方肩胛，一個側身摔擊倒第二個。面對第三個女性教練同樣不手軟，一記手刀鎖喉打得對方跪咳倒地，三個黑帶教練瞬間敗在他手下。

范姜睿臣皺眉不見喜色，反而面露怒容，以流利的英文冷聲道：

「你們就是這樣教人的？」

三名教練露出心虛樣，這個東方老闆看起來比他們都弱小，實在下不了重手。

最年長的教練正要開口解釋，看見范姜睿臣身後的狀況，驚訝瞪大眼。

「後面！」

范姜睿臣側身，閃過後方來人的突襲，旋身就是一記旋踢，對方退開閃避，是鄒明豔的隨身保鑣。

「妳一定要用這種方式出場嗎？」

「意外總是會用你想不到的形式出現。」鄒明豔走到他身邊，厲目掃過三人。「再放水就請你們走路，連保鑣工作都別做了，嗯？」

三名教練戒慎點頭，在鄒明豔頷首同意後像犯錯的小學生，灰溜溜地離開。

范姜睿臣回頭喝水擦汗，卸下黑帶的道服敞開，露出被衣服遮掩的結實肌理，是長年鍛鍊的結果。

鄒明豔也不客氣地打量范姜睿臣的鍛鍊成果，詢問身後的保鑣。「你覺得呢？」

「還行。」保鑣皺眉，似是不滿老闆的注意力落在年輕人的肉體。這個評語給得不是很客觀。

「生日快樂。」這是鄒明豔第十七次代替范姜睿臣的母親姜文翡為他慶生，送上她生前為他準備好的禮物。「這是文翡為你準備的最後的一份禮物。」

「我以為最後一份應該在二十五歲。」

「那是責任。二十歲就成年了，誰還理你。」

范姜睿臣聞言淺淺一笑，接過鄒明豔遞來的禮物，是一個古典雅致的木盒，一見即知，絕非凡品。

姜家老爺在古玩界是享有盛名的收藏家。

不同於過去客套疏離的互動，這兩年在范姜睿臣刻意接近下，兩人建立更深的關係，相處起來亦師亦友，也亦母子。

他們踩在曖昧的界線上，誰也沒說破。

「下午要回范家赴宴，準備好了嗎？」

「早就在等這一天了。」

「我會準備好爆米花。」純粹看戲。「范老頭以為自己教出一個像他的范家接班人，卻不知道你更像姜家人。」

范姜睿臣垂眸，沉默了會，抬頭。「我是姜家人，也是范家人。」

「還是不選邊站？」十年過去，這孩子還是一樣固執。

「血緣關係擺在那裡，事實就是事實。」他否認也改變不了的事實，何必自欺欺人。「我會承擔范家該負的責任，也會討回姜家該得的。」

「你為什麼一定要挑最難的做？」

「因為我辦得到。」

這話從別人口中說出，一定會被批評自大，但說的人是范姜睿臣，鄒明豔無法說他自大、狂妄。

這兩年，范姜睿臣透過她在美國開設兩家公司，經營得有聲有色，起初她試著幫他掩護，做他的後路。

狡兔三窟，做任何事都要想好後路。

但范姜睿臣拒絕，他要的，就是范家人發現，特別是身為家族領導人的范老太爺。

一直到第二年，她才從范姜睿臣的蚌殼嘴裡撬出原因。

這兩家公司是給范家那老頭看的成績單，甚至可以說是投名狀。與其遮遮掩掩讓范老頭懷疑他對家族的忠誠，不如攤在陽光下，讓范老頭看見他的卓越能力，甚至還能利用范家的招牌，爭取最佳利益。

更別提范姜睿臣拿這兩家公司當煙霧彈，隱藏另外在歐洲發展的事業，那才是他真正的事業主力。

心機boy……瞭解范姜睿臣的計畫後，鄒明豔只有這個結論，讚嘆青出於藍更勝於藍，不知道范姜睿臣握有的優勢不只個人能力，還有上輩子累積的從商經驗以及對未來局勢的已知。

兩輩子的歷練，他和范維夏可以說是拿著小抄作弊過人生。

只是，不同於范維夏拿著小抄試圖讓身邊他在意的人過得好；他利用這些優勢擘劃布局，站穩自己的腳步，以便未來立於不敗之地。

他一直沒讓范維夏知道自己真正的打算。他敢說，相信世界和平的范維夏不會認同自己的做法。

范姜睿臣欣賞范維夏樂觀、凡事正面看待的個性，若不是他居中打圓場，串聯兩人，范姜睿臣和鄒明豔的關係不會融洽。

這是范家少見的特異，他很珍惜范維夏這份單純。是以，他不讓他知道家中那些不堪的骯髒事，過去是，現在也是，這是他保護他的方式。

范維夏只要待在他身邊，專心做自己喜歡的醫生工作就好，其他的，他來處理。

「……算了，你的公司你自己決定……」鄒明豔話到一半，忽然訝看范姜睿臣身後。「范姜。」

「鄒姨！」一道呼喚聲打斷兩人權謀機變的討論。

范姜睿臣和鄒明豔同時看向聲音來源處，是巧合也好，透窗而入的陽光落在范維夏身上，簡單的白襯衫鍍上點點金光，俊朗的少年看起來更加純淨無垢，兩個工於心計的商人相形見絀。

范維夏跑來，繞到范姜睿臣身後，用力一跳。

習慣他突襲的范姜睿臣巍然不動，范維夏跳撲他背部同時，雙手勾抱住他的膝蓋窩，時機拿捏精準，多了一個人的重量依然穩穩站在原地。

范姜睿臣不自覺露出寵溺的表情，神情溫柔。

「……鄒姨一起吃晚飯？」

鄒明豔回神，看見范維夏熱情期待的笑容，也沒錯過范姜睿臣眼底的不喜。

雖然離兩人開誠布公已經過了三年，彼此也承諾相伴一生，范姜睿臣對范維夏的獨占慾卻越來越強烈，總是想把范維夏關在家裡，不讓人看見。

明明人就在身邊仍然擔心有一天會失去他……

范姜睿臣這份不安隨著兩人感情日深不減反增。

「不了，改天吧，晚上有行程。」鄒明豔婉拒，說話時卻看著范姜睿臣。

范姜睿臣的表情藏得極好，讓人難以發現，但落在看著兩人長大的鄒明豔眼裡，就像白紙上的一個黑點，清楚分明。

這兩個孩子是不是有什麼事在她不知道的時候發生？

鄒明豔示意隨身特助先去開車，看向范姜睿臣。「跟我來一下。」她說完，轉身往外走。

范維夏乖覺地站好，推了下范姜睿臣，催促他跟鄒明豔走。

※※※※※

兩人一走出武道場，鄒明豔也不囉嗦，開門見山道：

「你跟維夏最好不是我想的那樣。」

「鄒姨的眼力一直都很好。」范姜睿臣完全不否認。

「我知道，但我希望不是。」

「那妳要失望了。」

鄒明豔抬頭看了天空一會，才回頭看他。「他是你叔叔。」

「我不在乎。」

「你不怕他知道以後——」

「我們在一起三年了。」范姜睿臣打斷鄒明豔的話，不想瞞，也瞞不過。

鄒明豔恍悟當年兩人以獨立為名搬離姜家老宅的真正原因，皺眉。

「你很懂得怎麼讓人絕望。」

「這是我跟維夏的事。」范姜睿臣不悅。「我們沒有影響到任何人。」

「萬一被發現……你以為范家那些人會放過你？」

「我會讓他們無話可說。」

「這才是你暗中找徵信社盯住那些人的真正原因吧？」把柄人人有，看誰特別多。

大宅子底下太多陰私，范姜睿臣和范維夏的關係嚇不倒她，只是……

「真的沒有轉圜餘地？」這樣的情路需要克服的事太多，她真心不想這兩個孩子受苦。

「我只要他，一如妳只要我母親。」范姜睿臣神情篤定，語氣不容置疑。

鄒明豔一愣，沉默了會，苦笑。「行啊，拿文翡堵我。」

「我只是陳述事實。」范姜睿臣直視鄒明豔。十年了，她看著他長大，他也看著她風華漸老，鬢髮泛白，為了一個已經不存在的人。

上一代因怯懦導致的憾恨活生生就在眼前，他怎麼能不勇敢爭取，就算離經叛道、就算會受人誹議……

「她要我別像她，因為怯懦，錯過自己真正想要的幸福。」

鄒明豔垂眸，不讓范姜睿臣看見她此刻的神情。

因為一時懦弱造成兩人生離死別，這是她心中永遠的痛，註定持續到她壽命終了。

「她要我轉告妳——」

「你確定維夏真的能接受這樣的關係？」鄒明豔打斷范姜睿臣的話，顯然還不想聽見愛人留給自己的遺言。

「我們已經有覺悟。我知道該怎麼做。」

當事人都這麼說，她還能怎樣？

「既然你選擇走這條路，就幸福給我看，證明你們應該在一起。」

鄒明豔說完，揮手要他別送，逕自朝自己的座車走去。特助正站在車邊等她，走到車旁，忍不住轉身，看進范姜睿臣挺拔的背影，不禁感慨：

「那個在喪禮上抬頭挺胸忍著不哭的孩子長大了。」長成頂天立地的男人，有自己的主張和想法。

「是的，長大了。」特助附和道：「但才剛萌芽，仍需要您照看。」所以，請不要輕易浪擲自己的生命。

這話，特助只能放在心裡，說出來就是逾越。

鄒明豔看了十幾年來表情始終如一的特助，沒有戳破他心思，交代：「盯緊范家，必要時幫一把，不要讓那兩個孩子太難。」

「是。」

子女是父母債……她沒有孩子卻有同樣的感觸。

終究是放心不下。

※※※※※

如果說范姜睿臣十八歲的生日是范家太子的冊封大典，二十歲的生日宴則是——

「宣告太子監國的儀式。」似曾相識的聲音傳來，范維夏轉頭看，是許久不見的范哲睿，搖晃著手中的酒杯。

今天本家、旁支、姻親……幾乎八成的范家族人都來了，就為確認范姜睿臣是否如傳言那樣，即將進入汎亞集團為接班做準備。

范維夏環顧四周，視線回到最遠端的大廳樓梯處，范姜睿臣站在范老太爺身邊，眾人引頸而望，等待范老太爺宣布最新消息。

「能把家裡搞得像宮鬥劇的沒幾戶，我們的老爺爺真厲害是不是，七叔。」語氣更酸更嘲弄。

范維夏關心地打量范哲睿，相較於過去的憤世嫉俗，眼前的范哲睿眉宇充斥叛逆不羈的戾氣，帶笑的桃花眼顧盼生姿，行為舉止間帶著一絲風流的痞氣。

站在長輩的角度來看，分明就是……學壞了。

「你還好嗎？」

看到他，范維夏難免會想起至今還沒見到的學弟白宗易。上一世他是在二十歲的時候才遇到白宗易，現在他跳級考改變了求學過程，不知道還會不會遇到這個學弟。

范哲睿嗆了下。「我很好啊。為什麼這麼問？」

范維夏嘆氣：「義雲盟不是個好去處。」

才喝完酒要再續杯的范哲睿停下轉身的動作，轉頭驚訝瞪視說出義雲盟的范維夏，迅速環顧左右，確認沒人注意他們，立刻將范維夏帶離大廳逼問：

「你又怎麼知道？」上回彈琴的事也是，他的七叔從哪知道這些？

范維夏暗惱自己口快，關心則亂，只好故弄玄虛道：「世上沒有不透風的牆。」

「你知道後都會關心我一兩句，我爸媽……」

范哲睿看向站在范姜睿臣身邊享受親戚道賀的父母，嘲諷地哼笑出聲，扯扯自己繡著麒麟紋的袖口，一切盡在不言中。

「哲睿……」

「放心，義雲盟不像一般黑道，沒你想得那麼糟。」

「終究是黑道。」

「在那裡，我活得像個人。不是累贅或工具，我可以是我自己。」

話都說成這樣了，自己還能說什麼……范維夏打消再勸的念頭，只能叮囑：

「保護好自己，不要涉險。」

「我知道。」范哲睿聽出小七叔真的擔心自己，神情變得柔和。

「你們從以前就很有話聊。」聲音傳來同時，范姜睿臣也來到范維夏身邊，握住范維夏的手將人拉進自己懷裡。「讓我也加入好嗎？」

范維夏愣了下，連忙推他試圖拉開兩人過於親暱的姿勢，在眾人面前隔出屬於叔侄的距離。

「你不跟著我爸去和親戚打招呼，跑來這做什麼？」

「爺爺要我叫您過去，七叔。」

范維夏一顫，范姜睿臣這麼有禮貌肯定沒好事。

但此時此地，不適合反駁，范姜睿臣也不是能接受反駁的人。

范維夏只能按捺情緒，忍著抽回手的念頭，讓范姜睿臣帶著回到大廳與親戚們寒暄，雖然他不記得是哪一家的三叔公、四嬸婆、大表姊……

范維夏硬著頭皮和眾人打招呼，明明不熟卻又得要互動熱絡得就像一家人。

整個下午，范維夏笑僵了臉，用盡他腦袋裡所有的招呼詞彙。

范維夏嚴重懷疑范姜睿臣是故意作弄他。

趁范姜睿臣被長輩叫住討論國際金融局勢，范維夏悄悄離開，躲到角落看著集會廳裡眾人談笑風生的模樣。

「不簡單啊小弟。」范家鴻頂著六分酒意，偕同妻子朝范維夏走來。

「三哥。」范維夏客套招呼，和這些差三、四十歲的哥哥們真的不熟。

范家鴻挑眉，不滿范維夏呆板的回應，嘲弄道：「看小時候的你去捂睿臣那塊不會熱的石頭，還以為你笨，沒想到你成功了，他對你這個小叔叔這麼好……你行，好好巴結，以後多的是肉吃。」

「睿臣不是徇私的人，他絕對會遵照爸教導他的，做一個稱職的接班人。」

「哈！」范家鴻揪過范維夏衣領。「全家只有你跟爸信他那套……你們被他騙了，蠢蛋。」

范維夏偏過頭避開范家鴻帶著酒臭味的口氣。「三哥，你醉了……三嬸，麻煩妳帶三哥下去休息。」

范維夏說著，示意一旁的服務人員幫忙。

「你三哥沒說錯。睿臣不會為我們范家人做事，他是姜家的人——」

「對，他是姜文翡的兒子，那個賤貨，趁我們不注意把錢——」

「老公，你真的醉了，說什麼醉話。」

范家鴻似是意識到自己說漏了什麼，抿脣。

「不要理你三哥……維夏啊，三嬸知道，你跟其他兄弟年紀差很多，幾乎可以當兒子的年紀，也因為這樣我們一直都不怎麼親近，但這事你一定要聽三嫂的勸、幫幫你三哥。一起守住這個家。」

范維夏訝異，不懂為何他們認定范姜睿臣會毀了范家。

他們就沒想過，如果會，以父親的精明怎麼可能指定他接班自毀長城。

「如果你們有點本事，我需要把希望放在二十歲的睿臣身上嗎？」低沉磁啞夾帶權威怒意的聲音介入三人的談話。

范家鴻的酒瞬間醒了大半。「爸！您怎麼……」

「不來讓你們繼續欺負維夏嗎？都幾歲人了，欺負老么，像什麼話！」范老太爺怒喝，有如平地一聲雷，打破觥籌交錯、笑語嚶嚶的歡樂假象，現場近百人無論男女老少頓時成了鵪鶉，縮著脖子緊張地看著角落。

「我知道，讓睿臣進特助辦公室，你們心裡頭不服氣、不滿意！行！只要你們當中有哪個人到目前為止的成就跟睿臣一樣……不必一樣，有他一半好，我讓他進特助辦公室爭取我這個位子！」

眾人聞言，看向站在范老太爺身側始終沉默的范姜睿臣。

先不說他先天自帶姜家的遺產外掛，十九歲完成大學學業同時在美國創設兩家公司，其中一家現在正準備申請上櫃，誰能比他強？

「沒有就都給我閉上嘴巴……」范老太爺才說完，忽然身體往前一晃。

眾人驚呼，只有范姜睿臣、范維夏及時反應，扶住老人家。

范老太爺強撐身體，環視周圍盯著他的每一雙眼睛。

誰盼他生，誰盼他死？近八旬的老人心如明鏡。

這就是……他的家人們。

到頭來，唯一能冀望的，只有范姜睿臣這個孩子。

※※※※※

「還好只是因為情緒激動，換氣太快造成胸悶。」

范維夏走進屋裡，打開燈，對身後跟進來的范姜睿臣這麼說，忽然想到——

「我發現你重大的生日宴都會出事。阿臣，你要不要去……」

范姜睿臣從後頭摟住前方說話的男人腰側扯進懷裡，另一手張開虎口掐住他臉頰兩側，同時開口：「再說啊。」

這樣捏著他怎麼說！范維夏訝異地瞪著圓眼看他，再怎麼好看的臉被這麼一弄變得古怪可笑，也可愛。

范姜睿臣側低下臉，輕吻被自己捏成O型的嘴脣，略施薄懲後鬆手改捏他下巴托起，落吻。

「你幫我過都沒事……以後我們自己過。」他說完，忍不住又吻上范維夏的脣。

「好……」范維夏努力在親吻的空隙間承諾。「以後我幫你過……嗯……」

怎麼嘗都嘗不夠。范姜睿臣舔過范維夏的脣，彷彿沾了蜜，甜得讓人無法自拔。

不只脣，他身上每個地方都甜。

范姜睿臣伸手到范維夏腦後，托著他後頸調整成迎合自己的角度，貼著白皙的頸側或舔或咬或吻，感覺到懷裡的人輕顫。

二十歲的生日，他想跟范維夏索求生日禮物。

范姜睿臣知道只要自己說出口，范維夏一定會答應，但他更想要他主動送他。

兩個人的關係裡不該只是他一味地索要。這麼想的范姜睿臣卻情不自禁扯出范維夏襯衫衣襬，伸手探入，撫摸他纖細的腰側，一路蜿蜒直上，停在乳首，長指指腹壓了壓微凸的乳尖，兩指輕捻。

「啊……唔……」范維夏驚呼的聲音被范姜睿臣以吻攔截。「阿臣……」

范維夏不自覺地抬起腳貼著范姜睿臣小腿外側輕輕磨蹭，身體誠實地表達對范姜睿臣的渴望。

范姜睿臣收回自己在范維夏口中肆虐的舌，拉開些許距離，俯看范維夏因情慾微紅的臉。

下一刻，范姜睿臣拉開距離。

「說好等你十八歲……」他說話同時退開，收手幫范維夏整理儀容。

范維夏瞬間呆住，潮紅的臉愣愣看著說停就停的男人。「你……」

「還差一個月又三天……」范姜睿臣來回撫摸自己吻紅的脣，有點腫、有點熱。

獵人耐著性子撒網，等著獵物自投。

「過了……」

得到意料之外的答案，范姜睿臣愣住。「什麼意思？」

范維夏低頭，覺得尷尬。

主動說出自己已滿十八歲，就好像迫不及待要跟范姜睿臣發生關係一樣。

范姜睿臣手移到范維夏後腰，壓向自己身體，兩人勃起的慾望隔著褲子輕撞，彼此都在渴望，也都在忍耐。

「快說。」

「身分證晚了……一個多月……」

范姜睿臣凝視懷中結巴解釋的范維夏，不發一語。

沒反應是怎樣？

范維夏抬頭怔怔迎視眼前的男人，饒是同居三年，有些時候他還是摸不透范姜睿臣的性格。

近乎討好，范維夏緩緩抬手，輕輕捧住凝視自己的俊美臉孔。「生氣了？」

范姜睿臣沒有回答，視線筆直地望著他，抿成直線的唇是唯一的回應。

對，他生氣了。

至少范維夏是這麼解讀，不安地注視范姜睿臣的臉，在他的凝視下微微側首，找到適合的角度，吻上他的唇，安撫他以為存在的怒氣。

道歉的吻笨拙得讓人發噱，認真的模樣又可愛得讓人心疼。

范姜睿臣開口欲言，意外讓范維夏舔唇的舌探入口中，點燃慾望的引信，反客為主含住范維夏驚慌的舌，熱切擁吻懷裡的人，同時擁抱他因緊張微微扭動的腰身，帶著他移動到兩人共眠的主臥室。

「燈……」

伸長手要開燈，被范姜睿臣扣住，十指交握。

范姜睿臣一手按著范維夏，將他抵在牆面，粗重地喘息，呼出的熱氣讓范維夏有種自己快被融化的錯覺，移到耳側的吻令他忍不住顫慄地呻吟出聲。

范姜睿臣記得，這是他的敏感帶。

「維……」范姜睿臣邊吻著范維夏敏感的耳朵，低沉的嗓音邊呢喃著情動時的親暱呼喚。

范維夏雙腳發軟，任范姜睿臣把自己帶到床鋪，被放倒在床上的他看著范姜睿臣脫去上衣，動作俐落，迫不及待。

透窗而入的一絲月光落在他結實陽剛的身體，范維夏嚥了嚥口水，耳膜裡充斥心臟怦怦作響的回音。

除了心跳聲、親吻的水漬聲以及范姜睿臣口中自己的名字，范維夏再也聽不到其他聲音。

高於體溫的掌探入范維夏衣襬，唰的一聲，衣服被俐落脫下，裸露的皮膚接觸到微涼的空氣，范維夏打了個激靈，還沒能反應過來，范姜睿臣俯身貼在他身上。

肌膚相觸的瞬間，兩人因感受到對方的存在微顫。

范維夏忍不住撫摸范姜睿臣臂膀，范姜睿臣則撫摸著范維夏的腰側，掌心撫過平坦柔軟且有彈性的腹部往上探索，最後停在胸口，在長指捻玩方才挑逗的乳尖同時，低頭含住另一邊。

「啊。」范維夏驚呼，身體因刺激往上挺了挺，像是在催范姜睿臣加快動作。

范姜睿臣沒讓他失望，兩三下便褪去兩人身上的衣物，袒裎相見，再沒有能藏匿迴避的地方。

兩人勃起的慾望彼此輕碰，彈跳彼此對眼前人的渴望。

范維夏感覺自己的神經被范姜睿臣牽著走，追逐他在自己身上施與的一切，渴求更多，也得到范姜睿臣更熱烈的回應。

范姜睿臣一手托著范維夏的頸背，拇指愛撫他敏感的耳側，一手沿著身體曲線移動撫摸，撫過圓潤的臀，拇指探至臀穴，磨蹭入口的皺褶，撥開緊致的穴口緩緩推進等待他開拓、深探更溫熱柔嫩的內在。

異物感拉回范維夏的神志，收緊按在范姜睿臣肩膀的手。上一世被強迫的記憶翻湧上心頭，手不自覺出力，做出推開范姜睿臣的反應。

意識到這股抗拒的力道，范姜睿臣停下動作。

「害怕？」

「……不……沒有……」范維夏扯開一抹笑。

范姜睿臣俯身，額頭抵著他的，輕喃：「不要對我說謊。」他記得自己對他做過什麼。「也不要在我面前逞強。」

「對、對不——」道歉的話被吻吞噬。

「是我的錯。」范姜睿臣溫柔地親吻身下的人。「是我對不起你。」

過去的記憶猶在，自己造成的傷害無法抹滅，范維夏對他的縱容讓他感到被愛的同時更覺愧疚。

范姜睿臣緩緩起身欲拉開距離，范維夏卻緊抱住他。

「我沒事……我可以……」范維夏說著，環抱范姜睿臣頸背，挺身親吻他因愧疚緊抿的唇。

在這之前，范維夏沒有意識到過去對現在的自己有如此深遠的影響。

他知道，只要他搖頭，范姜睿臣就不會再繼續，但之後，他們將會有一段不知多長的時間被困在過去的記憶。

他們得跨過去，就在今晚。

所以，他不喊停，甚至……

就算不符合自己的個性，覺得害羞也必須主動誘惑：

「我想……我想要你。」

一句話、四個字，疏導了范姜睿臣的愧疚，也為兩人帶來想像不到的激情夜晚。

第八章

水聲淋漓。

熱水從花灑湧出，蒸氣氤氳了整間浴室。

范維夏扶著牆站在花灑下，肌膚感受著熱水流瀉的觸感，仍抵消不了臀間流溢出的暖流帶來的炙熱。

那是范姜睿臣留在自己體內的東西……

一想到這，昨晚那些讓人害羞瘋狂的記憶浮現腦海。

他們做了，還不只一次。

第一次，范姜睿臣極為謹慎，小心翼翼地開拓范維夏的身體以便適應他的存在。除了初次無法避免的脹痛，大多時候溫柔得讓范維夏整個人彷彿躺在溫泉池裡，親吻、愛撫，輕柔得像是羽毛撫過他全身上下。

范姜睿臣並沒有在這服侍性質高的做愛中解放，像是要懲罰自己過去不顧范維夏感受的縱慾，他只在乎范維夏是否滿足，每一次在他體內抽動，就注意他的反應。

他記得他當下每個細微的表情──皺眉就克制自己放緩動作，眼神因快感渙散時就縱容自己加快加重。

當范維夏高潮射精後，范姜睿臣就抽出自己依然硬挺的陰莖，果斷地結束這場性愛，他想讓所愛的人記住此刻的感受，取代自己過去對他的傷害。

他無視自己仍脹痛著的慾望，確認范維夏一切無恙，為他清理。

溫熱的毛巾仔細擦拭范維夏全身，佐以按壓的力道舒緩可能的痠疼，范維夏在回頭道謝的時候被范姜睿臣粗長的陰莖嚇到，才發現他在忍耐。

「不要看了。」范維夏的表情讓他不自在。「睡覺。」

狼狽的模樣曝光在愛人面前，高傲的男人有點慌亂。

他在害羞⋯⋯

兩世經歷，范維夏第一次看見范姜睿臣有這個情緒、露出這樣的表情。

總是面無表情，一副泰山崩於前色不改的男人竟然會害羞！

「快睡。」第二次的催促添了惱意，著惱被愛人發現自己的狼狽。范姜睿臣出聲的同時，也拉起床被蓋在范維夏身上。

范維夏抓住他的手，拉他躺在自己身上，范姜睿臣的陰莖抵在他腿間彈跳了下，夾帶著一抹溼熱。

怎麼辦？他覺得范姜睿臣有點可憐又……可愛。

可愛到讓他顧不得羞意，親吻他頸側，模仿他先前對自己做的事。

「不要挑逗我……」范姜睿臣抑聲警告。

范維夏雙手捧住范姜睿臣俊美的臉，揚笑：「我在邀請你。」

范姜睿臣訝異。

「我沒事了。」范維夏凝視眼前的男人，以前那些抗拒的、壓抑的、無法明說的情感，他不想也不會再藏著掖著，橫生彼此間的枝節。「所以你也不要再忍耐。」

都過去了……范維夏沒說的話，透過身體語言表達。

「不要這麼容易原諒我。」

「上輩子，你用了六年試探，我們折磨彼此八年，我失去你痛苦地過了三年……我們還要花多少時間計較過去？」范維夏雙手環抱范姜睿臣的肩膀。「你做什麼都可以，不要忍耐……」他看了心疼。

范姜睿臣撥開范維夏額前的髮，親吻額角上淺白的疤痕，親吻范維夏舒開的眉眼，親吻他的鼻尖，最後吻上說話的唇。

范姜睿臣享受且自虐地愛撫范維夏，吻遍他全身，連腳趾、腳底都不放過。

這人還要虐待自己多久，明明都說沒關係了……

「快點……」催促的聲音瞬間化成驚呼與呻吟。

范姜睿臣毫無預警低頭舔吻范維夏半勃的陰莖，受到刺激的敏感性器在他口中逐漸硬挺，舌蕾摩擦著因硬挺變得光滑的表面，他開始吸吮，發出曖昧的水漬聲。

「不要……」溫熱的口腔包裹住范維夏的敏感，感官神經匯流至雙腿間。他試圖推開，最後只能摀住臉，遮住下一波高潮逼出的生理性淚水。

神志還在高潮的餘韻浮沉，急促的呼吸未歇，范維夏意識到自己的雙腿被托高。

范姜睿臣溫柔地撥開臀穴，第一次的結合殘留著身體的記憶，微紅穴口微張。

「阿臣！」驚慌阻止不了男人的行為。

范姜睿臣低頭親吻紅腫微熱的皺褶，舌尖愛撫舔潤柔軟的皺褶後緩緩地鑽進肉穴，模仿先前進出的動作，輕輕探進體內戳刺輕舔，緊致的內壁收縮裹住探入的舌。

范姜睿臣暴虐地深入舔拭內壁，強烈的刺激超過范維夏所能承受，擺動腰身的掙扎激發男人肆虐的原始慾望。

范維夏無法承受更多。他抬腳推開身上的男人，翻身欲逃，被留在身後的男人扣住他腳踝拉向自己。動作間，范姜睿臣看見范維夏雙臀深處，穴口反射性的歙動，對他做出無聲的邀請。

范姜睿臣雙手箝制范維夏纖細的腰側拉向自己，挺直腰桿，以後背體位深深頂進等待填滿的溼潤內壁，發出滿足的低沉吟嘆，感受范維夏包覆自己的緊致。收縮的肉壁在他推進時抵抗，當他抽離時，又戀戀不捨地挽留。

范姜睿臣不自覺舔了舔脣，逐漸加快速度與力道，臀部因為頂撞發出規律節奏的肉搏聲響，聽得范維夏再度面紅耳赤。

泛紅的耳被男人從後方含進嘴裡，牙齒輕輕咬著、磨著，連同體內不停抽動的性器，范維夏被頂得神志恍惚，身體誠實地配合，雙肩伏低貼在床上，輕微擺動腰肢，稍微地抬起臀部迎合范姜睿臣的推進。

「呃……」范維夏全身顫慄，手指緊抓掌下的床被。

范姜睿臣伸手覆蓋范維夏手背，五指嵌入范維夏指縫，帶著他的手撫摸自己硬挺的性器，屈指領他自瀆。

「臣……不要手……」

「你要自己來？」范姜睿臣問，聲音帶著調侃，惹得范維夏回頭瞪他。本意是想警告他適可而止，但染了情慾的眼神自帶魅惑流光，反效果地勾起范姜睿臣雄性本能的征服慾，收緊帶著范維夏的手，握牢他勃起的陰莖套弄，攻城掠地的下半身調整到某個角度戳刺范維夏體內某處。

「呃！」范維夏忽然劇烈顫抖了下，瘋狂搖頭拒絕接受無法承受的快感。

「不……停下……啊……」范維夏呻吟，本能地往前爬想抽離體內讓自己瘋狂的陽具，范姜睿臣扣住他肩膀往後送的同時往前挺進，達到更深更敏感的某一處。范維夏低哼一聲，釋放的精液溼了身下的床單。

范維夏喘息，無力癱軟在床上，范姜睿臣摟抱住范維夏脫力下沉的腰身，戳刺的動作持續好一會，終於抽離。

結、結束了嗎……

范維夏才這麼想，范姜睿臣忽然又重重頂入，掀起另一波慾浪。

「夠……夠了……」

范姜睿臣俯身舔吻范維夏的腰眼，一邊撞擊范維夏的臀，一邊沿著背脊往上親吻，在頸背咬出淺紅的痕跡。

范維夏搖頭，拒絕承受更多。范姜睿臣張開單掌扣住他頸側往後轉，落了一記長得足以讓人窒息的吻後，提醒：

「你說，我做什麼都可以，不必忍耐。」說完，又是猛力一頂。

再後來，范維夏已經不知道發生什麼事，他的感官、身體，甚至連呼吸，都被一個叫范姜睿臣的男人掌握，只能攀附他，跟隨他的節奏起伏……

股間炙熱的感覺隨著水流消滅，范維夏撥開自己的臀部，拿蓮蓬頭準備沖洗，范姜睿臣赤裸地走了進來，從後方環抱住他同時也接手他的工作。

范維夏臉紅。「我自己可以。」

范姜睿臣抓住他搶蓮蓬頭的手，湊近嘴邊落吻。

范維夏抖了下，身體還記得范姜睿臣給予的快感，每次的親暱都是一種提醒。

「真的不要了……我好累……」

「我以為外科醫生的體力很好。」范姜睿臣調侃，話中隱隱帶著笑意。「你這樣病人怎麼放心把自己的生命交給你。」

范維夏回頭瞪人。

「你再這樣看我……」停在股間的手蹭了蹭范維夏敏感的穴口。

范維夏一顫，立刻轉頭不再看他。

怎麼這麼……可愛。

頃刻，充斥水聲的浴室添入他難得的笑聲。

范姜睿臣抱著范維夏，額頭靠在他肩上，笑得身體微顫。

范維夏訝異回頭。

展顏歡笑的男人，清冷的眼因笑增添不少人味，晶晶亮亮，就像兩顆黑水晶鑲嵌在白水晶裡，神情是他未曾見過的輕鬆愉悅，俊美的容貌因擺脫陳年陰霾的桎梏，更顯動人。

范維夏心跳漏了一拍，瞬間感悟——

原來喜歡一個人，還可以比喜歡更喜歡。

※※※※※

「范家老三會出頭，一定是被老二跟老五慫恿。」

范姜睿臣推敲著生日會上發生的事，年輕俊美的臉上透著清冷陰狠，與跟范維夏相處時的輕鬆模樣大相逕庭。

「你口中的范家老二是你爸。」要是范家和聽見兒子這樣叫他，面子往哪擺。

「所以？」

「為什麼這麼恨他？」鄒明豔的字不可謂不強烈，但范姜睿臣的態度給她的感覺就是如此。「因為文翡？」

范姜睿臣注視著窗外的雨，想起有一年范維夏為自己——應該說是他醒來前的自己送傘的事，緊繃的神情緩和些許。

范姜睿臣發現自己養成了一個習慣，覺得疲累的時候想想范維夏就能回復精神，比打個盹或閉目養神更有用。

他們在戀愛——范姜睿臣終於敢用「戀愛」這個詞定位兩人的關係。

范姜睿臣因想到愛人的事感到窩心，鄒明豔的問題將他拉回現實。

「范家和除了冷落文翡，在她生病之後更疏遠她之外還做了什麼？」

范姜睿臣垂眸，看著交握的十指，思忖著該不該說。

「范姜。」鄒明豔沉聲，神情流露「你不說我不放你走」的威脅訊息。

「妳不覺得離我母親被診斷罹癌到發病過世，速度太快了？」他沒有確切的證據，只有合乎邏輯的推論。

這麼多年過去，就算有證據，恐怕很難被保存到現在。

鄒明豔驚訝站起身，神情激動地俯看對桌的范姜睿臣，情緒一時起伏外露。

「我會派人查清楚。」

范姜睿臣應聲。

上一世他只專注兩件事——成為范家領導人、獨占范維夏——很多事被他忽略。

重活一遍，他更從容、更游刃有餘，也因此注意到許多過去被自己忽略的細節。

一旦這些細節公諸於世，范家極有可能陷入分崩離析的危機。

「……維夏知道嗎？」

鄒明豔的詢問拉回范姜睿臣心神，漆黑的眸子移向她。

「我可以理解你想在維夏面前呈現出自己最好的一面，所以不打算讓他知道你在做什麼，更不讓他知道你一直在對付范家人，你很清楚他不會支持你……」

范姜睿臣摳著左手拇指，低頭不語。

「你能瞞多久？」

自從知道兩人關係之後，鄒明豔特別注意兩人，也因此發現范姜睿臣在范維夏面前是一個樣，跟她說話時又是另一個樣。

范姜睿臣從不在范維夏面前討論范家的事，范維夏知道的都只是表面上的狀況，看見的只是范家的冰山一角。

「你能騙他一時，騙不了一輩子。」

她很擔心，一旦范姜睿臣在范維夏面前的「乖寶寶形象」破滅，他們兩人是否還能走下去。

※※※※※

范維夏受教授所託送資料到大學附設的醫院，沒想到會看見自己年邁的父親在特助的陪伴下從腫瘤科的方向走出來。

「爸！」

范老太爺聞聲停步，意外看見小兒子，皺緊銀白的眉，一臉責問他為什麼在這裡的嚴肅表情，看起來極度不悅。

范維夏不以為忤，大步流星走到他面前，比起擔心觸怒父親，他更擔心父親的身體狀況，在范老太爺開口責問前，搶先問：

「您怎麼了？為什麼到醫院？」

「你緊張什麼勁，只是例行性健康檢查——」

「您每年六月做健檢，現在是十月。」范維夏不怕死地戳破謊言。

很多人以為在范家，除了范姜睿臣，沒有人敢質疑范老太爺的話，以為是范老太爺給予范姜睿臣的特權，都不知道真正第一個敢質疑范老太爺的是范維夏。

爺爺你明明肚子就很痛為什麼要說不痛？說謊是不對的！

七歲的范維夏第一天被接回范家，幼小的他還沒消化完爺爺是爸爸的訊息，就像《國王的新衣》裡直指國王沒有穿衣服的小男孩，指責當時忍著胃痛的范老太爺說謊騙人。

旁邊的特助、保鑣聽見他的童言童語冒了一身冷汗，當事人的范老太爺竟然大笑，讓跟在他身邊一、二十年的下屬們驚訝得差點掉下巴。

如果不是因為范維夏當時是個圓胖饅頭抱不動，范老太爺很想抱起這個在他面前直率爛漫的孩子。

那是他們第一次見面，也奠定他們後來相處的模式。

知道范老太爺是自己父親的時候，七歲的胖小子還嫌棄他太老哩！

無關乎范老太爺給予特權或特意縱容，范維夏不帶算計的單純關心，撫慰了一個長年攬權、孤冷高傲的老人家。

在范維夏眼中，他不是范家的領導人，而是年邁的父親。

在半威脅半勸說下，范老太爺終於屈服，讓特助交出他的診斷報告。

范維夏是第一個，也會是唯一一個知情的范家人。

大腸直腸癌第三期、局部淋巴結轉移……「什麼時候動手術？術後輔助性化療怎麼安排？」

范維夏一連丟出幾個問題，專業得就像是執業多年的醫生。

范老太爺打量小兒子，驀地想起。「你……二十了吧？」

「嗯，二十了，上個月滿二十。」范維夏並不氣惱范老太爺不記得自己生日，讓八十歲的父親惦記兒子的生日像什麼話。

「讓你走醫科是對的，你念得不錯。」

「我還可以幫您開刀……」見范老太爺莞爾，范維夏微惱。「我是說真的。」

他有這個自信，累積十幾年的醫術經驗仍在，獨獨少了最關鍵的證書……現在的他，只是個跳級就讀，二十歲的醫學院大六生，就算參與新學制計畫正在PGY，還沒有資格上刀。

「好、好，我等你。」范老太爺笑應，像哄孩子似的。

「爸！」

「陪我走走。」

范維夏將報告還給特助，跟著范老太爺走進醫院中庭。

他沒有上前攙扶，只是跟在一旁。

他的父親身為范家大家長，必須頂天立地、屹立不搖。

范老太爺只讓范姜睿臣扶他，透過這個動作告訴范家人，他支持范姜睿臣。

一個攙扶的小動作就要思前想後，范維夏真心替父親覺得累。

「這件事你跟我知道就好。」

范維夏訝異看著父親。

范老太爺停在長椅前，緩緩坐下。「還不到他們知道的時候。」商人本性，任何事都要追求最大利益。

連自己的病，都要計算是麼……

范維夏在內心喟嘆，始終無法理解家人之間為什麼走到現在這樣。

環視中庭來來往往的人，其中不乏在家人陪伴下出來走動晒太陽的病人。

看他們就算坐輪椅也能微笑交談就知道——

即便病痛襲身，因為有家人陪伴，疼痛也能減輕。笑容是騙不了人的。

然而這樣微小而確切的平凡幸福，在范家卻是遙不可及的奢侈。

※※※※※

范姜睿臣開門進屋，先是聞到一股食物的香氣，接著聽見廚房傳來聲響，走進廚房，看見范維夏穿著圍裙在廚房忙碌。

范維夏翻過食譜下一頁，攪拌手中大缽裡的麵糰，嘗試做豆渣餅。

專心做菜的他沒注意到范姜睿臣已經下班回家，此刻正雙手交叉在胸前，倚在門邊看在廚房忙碌的他。

范姜睿臣發現自己對范維夏的感情，並沒有因為已經在一起六年消減分毫。

他還是想把這個人關在屋子裡，不讓任何人看見，不讓任何人發現他的好，也不想范維夏的目光落在他以外的人身上。

豆渣餅也不行。

范姜睿臣拒絕被忽視，邁開步伐走進廚房，從後面抱住忙碌的范維夏。「最近怎麼回事，這麼熱衷學做菜？」平常都讓飯店或餐館外送解決三餐，范姜睿臣好奇他做菜的原因。

「就……心血來潮。」范維夏應得有點心虛。

「今天的晚餐？」他問，環抱著范維夏纖細腰身的手，緩緩移到腰部以下，隔著布料來回撫摸藏在褲襠下的敏感。

「不要鬧，我在忙……」范維夏停下攪拌的動作，抓住范姜睿臣惡作劇的手，雙腿併攏，忍受慾望勃起卻被牛仔褲壓迫的脹痛感。

「忙著學做我不能吃的東西？」范姜睿臣輕聲問，解開范維夏牛仔褲褲頭、拉開拉鍊，手探進褲襠，戳弄著被他挑逗半勃的性器。

他們已經有一個禮拜沒好好在一起共度兩人時光，不是他回來范維夏已經睡著，就是他起床他已經出門。

「說實話，最近在忙什麼？」

「嗯……實習，還有分、分組作業。」

范姜睿臣凝視懷中人的背影，神情轉沉。

范維夏感覺摟他腰的力道加重，疑惑地轉頭看向身後的男人。

范姜睿臣凝視范維夏一會，揚笑，親吻他唇角，幫他調整陰莖擺放的角度，扣上釦子、拉上拉鍊。

「阿臣？」

「等你忙完再繼續。」范姜睿臣親吻范維夏唇角，被吻的人頓時紅了臉，范姜睿臣食指刮了刮他染紅的臉頰，逕自往書房走去。

※※※※※

范姜睿臣果然說到做到，等到范維夏忙完才繼續。

興許是被忽略了好幾天，在范維夏做完菜之後，立刻開吃。

吃的不是菜，而是做菜的人，從廚房到客廳，最後移動到房間。范姜睿臣沒有放過任何一個讓范維夏驚訝又失控的地方，也沒有錯放讓他內壁強烈收縮的角度，緩緩抽出瞬間猛烈挺進，帶著刁鑽的角度，逼得范維夏丟盔棄甲，只能臣服在范姜睿臣的懷中喘息，甚至其中一次不用范姜睿臣動手，他就達到高潮釋放，在做愛的餘韻中陷入沉睡。

恍惚間，他聽見金屬碰撞的細微聲響，睜開眼，看見從身後抱著他的范姜睿臣正往他手上戴一個鑲玉的古董手鐲。

不同於純玉的手鐲，他手中這款是銀鑲玉，古樸的紋銀鐲雕工細膩，位於正中心嵌著麒麟雕刻的玉片，活動式的扣片可以配合手腕粗細調整。

范維夏瞪大眼，徹底清醒，看著手上的鐲子。

上一世，范姜睿臣強硬扣在他手上，除了工作進行手術外，不准他摘下。

這鐲子到底有什麼意義？

范姜睿臣看出他的疑惑開口：

「跟我的墜子是一對。」范姜睿臣撫摸鐲子上的玉石，撫摸上頭的紋路邊道：「我媽送我的二十歲生日禮，玉墜傳子不傳女，玉鐲傳媳不傳子。」

范維夏大驚，直到這一刻，才知道他為什麼上一世強迫自己戴這鐲子。

歉意湧上心頭。

他以為是桎梏的枷鎖，是范姜睿臣沒有說出口的承諾。

范維夏想翻身跟范姜睿臣面對面說話，身體一動，才意識到身後的男人還留在他體內沒有離開，而且忽然又脹大起來。

「啊……為什……」范姜睿臣忽然撞了下范維夏臀部，撞碎他要說出口的話，接著抱緊范維夏的腰，開始緩慢地律動，同時俯身親吻懷中人的頸肩，啃咬那片白皙且肌理分明的裸背，牙齒磨蹭著肩胛骨，帶來一串觸電般的麻癢。

對懷中人的執著渴望，並沒有因為朝夕相處減低分毫；相反的，與日俱增。

范維夏突然覺得心疼，為范姜睿臣不值。

上一世，他用盡理由推開他、拒絕他，讓兩人沒有一天好過。

沒有人喜歡一直被否定，他又有什麼條件讓范姜睿臣堅持到……死亡來臨？甚至連人生重新來過的這一世，依然選擇他？

一想到這裡，范維夏就心疼身上的男人，不自覺地呢喃男人的名字。

「嗯？」范姜睿臣扣住他下顎轉向自己，范維夏配合地轉頭。「疼？」

范維夏凝視范姜睿臣。他疼，心疼眼前這個事事精明卻在他這裡犯傻的男人。反手撫摸范姜睿臣俊美的臉，手指磨蹭他臉頰，看著他激情微汗的臉，范維夏側過臉，吻去停在他脣上的汗。

范姜睿臣呼吸瞬間變得粗重，眼神透露慾望失控的瘋狂，抓住范維夏撫摸他的手，扣在床上，加快速度衝刺，結實的胯部拍打臀部的聲音讓人臉紅耳熱，加重的力道直達范維夏體內最深處。每次的插入，范維夏都能感受到精囊拍打他敏感的穴口。

「嗯。」范姜睿臣忘情發出低沉暗啞的嘆息。摟腰的手滑移到范維夏被挑起興致的慾望，輕輕地握在手裡，指腹按在頂端打轉，指尖時不時輕扣敏感的馬眼。

「啊……」范維夏本能地扭動腰身，連帶影響含著男人的內壁，收縮的緊致讓體內的陽具再度脹大。

無論是身後的衝撞，還是前面的套弄……性愛歡悅的快感已經如浪潮席捲而來，淹沒了他，將他捲入名為范姜睿臣的風暴當中。

范維夏往後靠在范姜睿臣懷裡，承受一切直到高潮來臨，感覺到自己就要釋放，范維夏忍不住將手探向范姜睿臣套弄自己的手。

「我快……嗯……」范姜睿臣一記深吻壓制他開口的機會，停止套弄的手，拇指抵住溼透的馬眼，不讓范維夏發洩。

「臣……」

「什麼時候才要讓我知道他生病的事？」

范維夏猛然一震，轉頭要解釋，身後的男人抬手摀住他的眼，用力頂撞已習慣他的存在而變得柔軟溼熱的腸道。

這次范姜睿臣沒有留情，每一次深入都撞擊藏在前列腺裡的敏感點，將范維夏推向高潮，又不讓他發洩，高潮在體內如悶燒鍋般不斷加壓升溫，范維夏呻吟求饒，終於懂了……

他剛餵了糖，現在要給鞭了……

范姜睿臣果然在生氣。非常生氣。

第九章

范老太爺的VIP個人病房裡今日十分熱鬧，在汎亞集團擔任高階主管的范家人幾乎全部到齊，儼然將家族聚會搬到醫院病房。

醫院沒人敢吭聲，這是范家捐助設的醫院，誰想跟自己的飯碗過不去？

「爸，您生病怎麼不說……」范家老三范家鴻聲洪如鐘，搶得先機表明自己對父親的「重視」。「這是阿玲為您熬的補湯……」不忘拉妻子獻殷勤。

其他的范家人見狀紛紛上前表忠心。

范老太爺表面欣慰微笑，一一回應巴結的家人，銳眸掃過眾人，判斷他們話語下有幾分真心。

范家老二范家和與再婚的妻子何芳君站在窗邊，淡然地像個旁觀者看著一切。

他們能這麼有恃無恐，全因范姜睿臣的地位穩固，他們憑子而貴。雖然對范家和來說是能力不如兒子的證明，但至少他還能得到一句青出於藍勝於藍。

眼前這些人連藍都沒有。

范維夏在范姜睿臣陪同下帶著范老太爺指定的食物來探病，打開門，看見病房內人山人海，驚訝得瞪大眼。反倒范姜睿臣一臉淡定，拉他往角落去。

眾人忙著討好范老太爺，沒注意到未來接班人也來到現場。

「放下就走吧。」如果不是因為食物含有會讓他過敏的豆類，范姜睿臣壓根不想帶范維夏來，又讓他看見范老太爺無聊的苦肉計。

范老太爺的病是真的，他老人家的算計也是真的。

利用手術期間，他們已經聯手清掃幾處陳年陋習。他已經開除了十七個人，其中十三人是家族中負責子公司運作的范家人。

自家人都能毫無懸念地砍了，其他人算什麼。

范老太爺的算盤讓努力保密的范維夏顯得愚笨，他甚至還為了照顧他冷落范姜睿臣，讓他不開心。

「為什麼要這樣做？」范維夏不解。

范姜睿臣抿脣，沉默了會，帶著嘆息開口：「他想盡可能留一個乾淨的汎亞集團給我……當然，也不排除他想掩飾自己過去的錯誤決策。」

「他是一位稱職的宗族族長。」范維夏為父親感到不捨。

「卻不是一個稱職的家人。」

范維夏神情一黯，不假思索開口：「我們也不是稱職的家人。」

范姜睿臣低頭，看見范維夏愧疚的表情，知他想到兩人的關係，在沒人發現他倆的角落，快速地握了下他的手。

「我沒事……」

他無法不想。

他們相愛，誰也離不開誰；但他們誰也沒辦法告訴別人他愛誰。

他們的關係一輩子不能見光。

一見光，就是悲劇。

在一起的每天對范維夏來說，快樂與痛苦並存，他努力不去想後者，專注在兩人微小的幸福裡，但只要一起出門，這種悖德的負罪感就油然而生。他還沒找到辦法解決，也不敢告訴范姜睿臣。

他要煩惱的事、背負的責任太多太重，自己的糾結微不足道。

突然頭皮一記刺痛，拉回他心神，不解地看向范姜睿臣。

「白頭髮。」

「怎麼可能！」他才二十歲，哪來的白頭髮！范維夏抓范姜睿臣的手看，上頭空無一物。「你騙人。」是不是想太多，少年白頭？范維夏緊張。

范姜睿臣莞爾，目光放遠，隔著擁擠的人群看見另一邊的父親，眼神轉厲。

范家和接收到兒子的視線，假裝沒看見，別過臉假裝要與妻子說話。

就在這時，病房門又開，院長神情緊張走進來，顯眼的白袍明示他的身分，人牆自動分流讓路。

院長快步走到范老太爺身邊，俯耳低語。

范老太爺神情一凜。「睿臣！」

眾人似是到這時候才注意到范姜睿臣在場，有的驚訝、有的緊張。

范姜睿臣在眾目睽睽下走到范老太爺身邊。

范家的事業版圖再瑰麗，主人也只有一個。

※※※※※

范維夏沒想到會在這種情況下遇到這一世的白宗易。

上一世遇見他，他已經成年，正在實習。

此刻的白宗易一身狼狽，臉上、身上有傷，就像打了一場架。

發生什麼事？難道跟哲睿受傷送醫有關？

這一世，他們提早遇見了？

一連串的問題浮上心頭，礙於現實狀況，他無法上前找他，一來不相識，二來太顯眼。

在范家，他極力低調。

范維夏只能跟著范家人前去關心送醫的范哲睿，在經過白宗易的時候，小聲說了句加油。

連確認他是否聽見都沒辦法。

※※※※※

「你不專心。」范姜睿臣凝視跨坐在自己腿上的范維夏，懲罰性地咬了微腫的乳尖一口。「嗯？」

范維夏痛嘶，縮了縮身子。

「在煩惱什麼？」

「沒什麼。」

「要我逼你說嗎？雖然辛苦了點，但我不介意。」他說。不待范維夏回答，手已經落在他褲頭上，一邊解開金屬釦，一邊哼著輕旋律，顯然非常樂意。

范維夏身體一顫，抓住在腰上作亂的雙手。他不想再陷入瘋狂求男人讓自己解脫的失控……事後太羞人、太難面對逼供的男人。

「哲睿跟宗易——」范維夏睜大眼看捏住自己嘴巴的男人，表情好無辜。

「不想聽到你說別的男人名字。」

那他要怎麼說！范維夏惱瞪范姜睿臣，無聲抗議。

范姜睿臣鬆開手，撫摸被自己捏紅的脣。「說重點。」

不准提名字還要說重點？范維夏苦惱了。

他弄清楚來龍去脈的時候，白宗易已經以殺人罪名被起訴，因未成年被送至少年法院進行審判，因為涉及黑道糾紛加上殺人情節重大、證據確鑿，雖然律師主張正當防衛，法院仍然判處有期徒刑；范哲睿則是剛清醒，聽說失去記憶被二嫂接回家中休養。

要怎麼說才能滿足范姜睿臣的標準？范維夏著惱看著男人，這人正單手托腮，氣定神閒地等著他，以看他窘困取樂。即便相愛，他仍不忘一些惡趣味，彷彿范哲睿和白宗易都不關他的事。

也的確是不關范姜睿臣的事，是自己在意。

范維夏知道自己可以不管，畢竟前一世、這一世都沒有太多交集，可是……

范哲睿叫他七叔、曾陪伴他一段時間；白宗易叫他一聲學長，在實習的時候幫過他一些忙……

「我希望他們可以像我們一樣幸福。」

范維夏說出范姜睿臣意料之外的話，讓看好戲的男人露出驚訝的表情。

「幸福？你覺得自己現在……幸福？」

他給得那麼少？他怎麼會覺得幸福？

他們有太多不能做的事──不能宣告自己的愛人身分、不能公開約會，隨著他接管汎亞事業比例越高，他的一言一行越被關注，他們越來越難在外頭碰面。

在同性相戀日漸開放的現在，街上可見男男、女女手牽手約會、甚至情動時相吻，他們卻因為血緣關係，依然不能對外公開。

他們相戀的事實只存在於彼此之間和這幢屋子裡。

這樣他還覺得幸福？

范維夏點頭，握住范姜睿臣的手，輕輕一吻。

他反省過很多次。

上一世他們都太倔強，誰也不肯服軟；倘若那時他們之中有誰願意先吐露心中想法，坦率面對這份感情，一定不會走到最後只剩遺憾的結局。

這一世奇蹟相逢，彼此都是當時的自己，他想坦率一點，避免犯下同樣的錯誤。

「幸福，因為有你。」那條黃金獵犬，最後范維夏決定送給愛狗的同事，不想折騰范姜睿臣的鼻子還有自己的心。

他忍耐，他心疼。

但范姜睿臣生氣了，給他的東西就是給他，不准他給別人，就算會讓自己難過。

這個男人……把所有的人踩在腳底下，獨獨把他放在比自己還前面的位置。

被這樣對待的他怎麼會不幸福？

「所以……怎麼了？」范維夏就近看突然額頭貼上他額頭的男人，過近的距離無法聚焦看清男人的臉，模模糊糊。

范維夏抬起的手在碰上范姜睿臣臉頰前被握住，指尖碰觸到一點溫熱的溼意。

不敢相信但又想知道。「你……哭了？」

「沒有。」回答得太快，欲蓋彌彰。

「嗯，你沒有。」范維夏抬起下巴，親吻范姜睿臣臉上的淚。「是我看錯。」溫柔的安撫聲中透著寵溺，邊親吻邊說：「你沒哭。」

范維夏配合地說謊，環抱眼前的男人。

一個人怎麼可以這麼霸道又這麼……可愛。

※※※※※

范姜睿臣獨自開車沿著豪宅圍牆緩慢開著，離正門還有段路。

這是范家和的房子，也是他曾經的家。

對這幢座落在陽明山的豪宅，他的記憶只到六歲。

六歲時，他才知道自己得叫父親的男人在外面有女人，還有大他一個月的兒子，

無言透露兩人的關係早於他和母親的婚姻。

對系出名門的母親來說，是屈辱。

重病的母親決定回到姜家大宅，他選擇跟著母親。

曾經，他恨搶走父親的何芳君、范哲睿，但母親耳提面命不准他恨。

一開始他不懂，直到鄒明豔出現，他才明白。

母親也不愛父親，他們都只是被擺弄的人。

如果母親不怪罪，接受並退讓，他能說什麼？

對於范哲睿，范姜睿臣並沒有什麼感覺。

或許一開始是恨的，但後來，覺得無所謂。

母親不在意，他又何必。

范哲睿的出生確實是他父親范家和的期待，畢竟是與所愛之人的……愛的結晶。

可惜，雖然是「睿」字輩，卻被范老太爺排在名字最末，隱喻他名不正言不順的出身。

掌家的主人，只需要一個，在他出生之前就已決定。

范哲睿的存在很尷尬。

那是什麼？

范姜睿臣瞇眼，前方異常的動靜將他拉回現實。

某個東西的黑影橫越過圍牆，沿著牆面墜落。

※※※※※

從圍牆裡探出一張俊秀的臉，警戒環顧四周是否有人後，整個人俐落攀上牆頭，準備要跳下時，對上正下方范姜睿臣抬頭仰望的視線。

方才丟出來的行李袋就在對方腳邊。

有什麼比逃跑不成還被人抓個現行這事要尷尬的？

當然沒有，但這時候——

只要你不尷尬，尷尬的就是別人。

「麻煩當作沒看到，謝謝。」

「想解決事情就回去。」

「我認識你嗎？」

「你可以繼續失憶，但這無助於解決問題。」

「我真的不認識你，你哪位？」

「爺爺發現你為義雲盟設計情報系統的事。」范姜睿臣懶得廢話，他的耐心只給范維夏。「他看重你的能力，在沒有物盡其用之前，你離不了范家。」

蹲在牆頭的男人一雙漂亮桃花眼閃過戾氣，迅速藏在佯裝不解的困惑表情裡。

「我聽不懂你在說什麼。」

麻煩。范姜睿臣自顧自開口：「爺爺跟陳東陽有交情，請他出面勸白宗易幫你頂罪，想知道更多就回去想好你要怎麼做。」

范姜睿臣說完，無視范哲睿的反應，轉身離開。

被留在牆頭的范哲睿皺眉思忖。

牆裡牆外，二選一。

事情還不到絕望的時候。

※※※※※

「就這樣？」

聽完范姜睿臣找范哲睿相談的經過，怪異得讓人懷疑它的真實性，但也清楚范姜睿臣不會對他說謊。

罷了，他跟范姜睿臣重活一遍這麼荒謬的事都發生過，范哲睿這段翻牆的記憶相較之下顯得合理許多。

「他會相信嗎？」

「他相信就表示他真的失憶。」范姜睿臣沒錯過范哲睿瞬間流露的戾氣，終究是在黑道待了幾年，不受影響是不可能的。「我跟他沒有交情，他不相信是正常的。」

范維夏陷入沉思。

范姜睿臣沒打擾范維夏想事情，逕自抓起他的手把玩。

因為是范維夏，就算他不理他，范姜睿臣也能找到屬於自己的樂趣。

很難想像這雙白皙修長、骨節分明的手會拿刀割開別人皮膚、鋸斷他人肋骨、挖出心臟……

「我是為了救人。」范維夏哭笑不得，他把他的手形容得像是殺人魔的劊子手。

「需要我跟他說嗎？如果他沒有失憶，我說的話他應該會相信──」

「不行。」范姜睿臣果決否定。

「我也是范家人啊。」就算再邊緣，他還是想為自己重視的家人做點什麼。

范姜睿臣仔細按摩范維夏的手指。「我不想你捲進范家的事。你只要專心做你的醫生就好。」

「我想幫你。」范維夏握住范姜睿臣的手阻止他把玩。「不想再被你置身事外，什麼都不知道。」

范姜睿臣想起范維夏曾和他分享關於他死後的事。

「本來以為你得到遺產之後會還給他們，沒想到你照著我的計畫進行……」最後引來殺機。「傻瓜，你把汎亞還給他們，他們會多感激你。」

「那是我唯一能為你做的事、替你討的公道。」

范姜睿臣抬手，長指輕撫范維夏臉頰，寵溺地磨蹭著，語帶調侃：「看看我把一個懸壺濟世的好醫生變成什麼樣……這麼狠心？」

范維夏認真地看著他。「我知道自己能做的有限，但我不想你什麼都自己扛。」筆直的眼神流露擔憂與心疼。「有什麼是我可以做的，告訴我，就算只能減輕你一點負擔都好。」他不想他太累。

「不行。」

「為什麼？明明是我想幫他們。」范維夏聽明地迴避說出范哲睿的名字。「為什麼只有你在忙？」

「你只能忙我的事。」范姜睿臣展臂摟住身邊人的腰勾到自己身邊，一手移到他臀下，將他托抱起來放在自己腿上。

他說得理直氣壯，讓范維夏驚訝得忽略他雙手的動作，沒注意兩人改變的姿勢，自己要低頭俯看愛人的視角。

「我以後也會忙病人的事——」

「那是你的工作。」范姜睿臣皺眉，表情透露不甘願的情緒。「我忍耐。」

「忍、忍耐什麼？」

「你的手……」抓回范維夏溜走的手，按在自己身上。「碰我以外的人。」

范姜睿臣說得很認真，認真到讓范維夏一時無語，理解這是范姜睿臣的獨占慾作崇後漲紅了臉。

「為什麼不阻止我再當醫生？」只要他說不，他會考慮。

比起自己的職涯，他更重視如何讓范姜睿臣感到幸福。

他能做的遠遠不如范姜睿臣為他做的，如果他提，他真的會答應。

「因為你喜歡。」范姜睿臣親吻他的手，腦海浮現上一世在醫院瞅見的范維夏，憶起他與病人對話時的溫柔表情，也記起那時的他眼裡有光，靈動活潑的模樣讓人無法移目。

「但我只能忍耐這麼多。對你，我承認我小氣。」

范維夏凝視范姜睿臣的眼微熱。「你不公平。」

范姜睿臣愣，驚訝自己被控訴。

「我們在談戀愛吧？如果你什麼都搶去做、不讓我為你分擔，我要為你做什麼才能讓你跟我一樣覺得幸福？」

「做我的男人。」

范維夏錯愕，看范姜睿臣一臉滿意這答案的表情，突然覺得手好癢……

范姜睿臣得意地笑出聲，鬆開范維夏握起的拳頭，按在腰側連同手一起摟抱，頭靠上他胸口，貼耳細聽他稍微加快的心跳聲。

范維夏有種范姜睿臣在跟自己撒嬌的錯覺。

「只要你答應無論發生什麼事都會相信我、站在我這邊，我就會覺得幸福。」

范維夏皺眉。「我不答應。」

范姜睿臣從他懷裡抬頭驚訝地看他。

他寵過頭了嗎？讓他這麼快就恃寵而驕？

「已經在做的事為什麼還要特別答應。」

范姜睿臣眼神專注地看著范維夏，什麼都沒說卻讓范維夏覺得臉紅耳熱。

范姜睿臣眼神轉柔，唇角勾起醉人的笑，吻上臉紅耳熱的男人。

※※※※※

范睿中覺得自己命運乖舛。

高三畢業他立刻照范姜睿臣的安排出國念學。

四堂哥只給他六年的時間，這六年他不敢浪費一分一秒，先後完成大學學位、拿了碩士、申請博士，一邊被安排在國外子公司工作一邊念書，他蠟燭兩頭燒，拚命燃燒小宇宙，工作學業兩不誤，做出不錯的成績。

只要一有機會就請調回國，屢次被退仍不屈不撓，努力了四年，終於得償所願回母公司。以為自己可以跟在范姜睿臣身邊，回報他當年的知遇之恩，卻被分派擔任總裁特助，汎亞人戲稱是軍機處行走。

他的目標是總經理的祕書室啊……范睿中內心泣血，懊悔自己太努力。

本性溫和的他忍不住嫉妒坐在四堂哥身邊的范哲睿！

雖然是他三堂哥，但因為祕書室之爭，他拒絕認親！

范哲睿覺得臉有點疼，被對面的十二堂弟帶刺的視線戳的。他不知道自己何德何能吸引剛回國的小堂弟注入這麼多仇恨值。

「這是臺中軒恩科技整併後的營收報告……」范姜睿臣說話同時，身邊的范哲睿起身分發報告書，兩人配合的默契十足。

那應該是他的位子！范睿中悲憤。

「……之前的整併也是由范哲睿負責，他最清楚軒恩的狀況。我打算派他長駐臺中，擔任負責人，相關人事已經轉呈人事室安排。」

眾人訝異，不敢相信范姜睿臣真的會心寬到提拔這個同父異母的哥哥，又忍不住看向主席位上的范老太爺。

范睿中同樣緊張，事關祕書室寶座。

只要總裁爺爺承認四堂哥的人事安排，三堂哥就要被調去臺中，祕書室的位子不就空出來！

他期待，目光炯炯。

范老太爺看向自己倚重的孫子。

真的要這樣縱虎歸山嗎？

「我能放，就能收。」

會前，范姜睿臣自信傲然地回應他的質疑。

范老太爺毫不懷疑，范姜睿臣青出於藍勝於藍。

老三范家鴻洗錢與買通監獄對付白宗易的骯髒事被舉發，在他運籌帷幄下變成范家大義滅親的善舉，過程中的確動搖汎亞的股價一段時間。

范姜睿臣趁機收購，成為僅次於范氏宗親會的第二大股東。

是先有老三的事才有收購？還是先有收購的意圖才發生老三的事？

范老太爺不知道，但不管是哪一種，都證明范姜睿臣的實力足以接班，自己放手的時候要到了。

這些年，身子漸漸衰敗，范老太爺不只一次想退位，只是范姜睿臣的根基不穩，他擔心他鎮不住底下那些牛鬼蛇神。

只要范姜睿臣完成最後一件事，他就能將家族重擔交給范姜睿臣，完成他這一代的使命，范家也會在范姜睿臣的帶領下繼續輝煌。

於是，范老太爺點頭，略施小惠給范姜睿臣人事布局的權力，給足面子，承認他在公司的權威。

咦？咦咦！總裁爺爺答應了！

希望之光在范睿中腦海綻放，璀璨如夏日花火。

興奮的他看向范哲睿的眼神轉為和善。

慢走不送，三堂哥。

范睿中在心裡揮揮手帕為范哲睿送行。

會議結束後，他要手刀衝去人事室提出請調總經理祕書室的申請！

※※※※※

自由了？

范哲睿不敢相信自己就這樣……自由了。

散會後，范哲睿跟在范姜睿臣身後往總經理辦公室走，一路上他彷彿置身夢中。

范姜睿臣打開總經理室的門，才踏進一步又退出，回頭看還想跟著自己的范哲睿，提問：

「還不走？」

范哲睿回神，看向范姜睿臣，沉默了會，開口：「謝謝。」

「不需要。明年營收破百分之兩百，就是最好的報答。」

「是，老闆。」范哲睿莞爾，戲謔回應後忽然放大音量：「謝謝七叔！」這話，是對在總經理辦公室裡的人說的。

范姜睿臣著惱，瞪視做出這無聊舉動的范哲睿。

「滾回你的臺中。」

范哲睿笑，眨了眨眼，轉身離開。

范姜睿臣進入自己的辦公室，關門落鎖。

「怎麼來了？」

「我來幫爸送藥，順便來看你。」

順便？范姜睿臣挑眉，用一種微妙的眼神看說話的人。

這也要計較。經過這些年相處，知他甚詳的范維夏哭笑不得地更正自己的說法：「我來看你，順便送藥給爸。」

男人的眉頭舒開，想到什麼，開口：「他說要等我結婚再進行交接。」

范維夏愣，發現自己在聽見的瞬間無法呼吸。

「這、這樣啊……」

雖然早有心理準備，但事情真的發生時，還是無法接受。「對象是……」

「某個財團千金吧，我沒問。」

「一定要娶？」

「唯一條件。」范姜睿臣走到他面前，一手壓著沙發把手，一手按在范維夏身側的沙發椅背，將心上人困在懷裡。「你怎麼說？」

范維夏看著眼前俊美的男人，自信的眉宇隨著他沉默的時間拉長開始糾結。

這不是第一次，范姜睿臣試探自己對他的在乎。

在一起這麼多年，范姜睿臣時不時會丟出不同的問題，試探他的反應，確認彼此——不，是確認他對他的感情。

會讓這個自信爆棚的男人這麼做的原因，有兩種可能——

一個是范姜睿臣嚴重低估自己在他心中的地位；另一個原因就是自己到目前為止的表現，還不足以消弭范姜睿臣藏在心中的不安。

他要怎麼做才能讓范姜睿臣相信自己對他很重要？

「你怎麼說？」

范維夏雙手捧住范姜睿臣臉頰，雖然不擅長，但他必須。

「不准。」范維夏真的不擅長霸氣宣言，但為了讓范姜睿臣安心，他會努力。「你身邊的人，只能是我。」

范維夏忍著羞意說完，在面無表情的男人臉上看見從未有過的燦爛笑容。

為了這樣的笑容，他願意回家多練幾句霸總宣言。

第十章

世事多的是無法盡如人意的遺憾。

范老太爺沒有等到范姜睿臣的回應。秋冬交替的一個夜晚，在睡夢中溘然長逝。他的過世，在范家造成核彈級威力的影響。

凌晨三點獲知消息，范家人以最快的速度來到范家的大宅院。眾人聚集在大廳，等著醫生確認。

「范弘達先生，七十九歲，於西元二〇……」醫生開始死亡宣告後，眾人開始交頭接耳，沒人想聽完全程。

范老太爺的遺體還躺在房裡，眾人已經七嘴八舌抑聲討論老人家的遺產分配。

除了心知肚明輪不到自己的旁支以及在外地來不及趕回的本家族人，本家幾乎全員到齊。

范姜睿臣與范維夏是最後抵達的。一進門就看見本來還小聲討論的家人，不知從什麼時候開始大聲起來。

「三哥雖然在牢裡，但他還是范家的人，憑什麼沒有一份！」范家老五強硬道，體型在兄弟間算是剽悍的他不怒則威。

「老五，我們都知道你跟老三要好，但是……誰曉得你是不是表面說幫老三，實際上趁他在牢裡侵占他那份。」

「大哥，你不要以小人之心度君子之腹……」

眾人吵得不可開交，誰也沒有注意到范姜睿臣和范維夏在老宅管家的帶領下，繞過大廳走進范老太爺的臥室，開門隔開外頭爭產的聲音。

死亡是公平的。

曾經叱吒風雲的商界大老，最後也得走這一遭，與市井小民無異。

「他看起來就像睡著一樣。」范維夏眼眶微紅，語帶哽咽。

雖然已經成為執業醫師，對死亡，他還是無法視若平常。

何況還是自己的父親。雖然因為他搬到姜家住，加上范老太爺忙碌，他們父子倆並不親近，但范維夏記得他老人家每次到姜家看他和范姜睿臣時表現出的慈愛。

范姜睿臣摟范維夏入懷，輕拍他背脊安撫。相較於面對親人的死亡，他更在乎懷中人的情緒，看向床上老人的眼神平靜到近乎無感。

是的，就是無感。

「七少爺，大少爺請您過去。」

范維夏深吸口氣，壓抑感傷，轉身走。

范姜睿臣跟上，被管家攔住。「大少爺說只請七少爺。」

范姜睿臣皺眉，想也知道他們要談什麼，看向范維夏：「不想要就放棄，不必跟他們廢話。」

范維夏點頭。得知父親死訊時他就已經做好決定，拋棄繼承。

照范姜睿臣的說法，范家真正有價值的財產，歸公歸私的都已分配完成，他們爭的，不過是范老太爺的私產，不值范家總資產的百分之一。

但范維夏拋棄並非看不上，而是沒必要。

他有工作、能養活自己，有愛人可以互相照顧，人生不缺。

范維夏跟著管家離開，留范姜睿臣一人在房間裡與范老太爺共處。

范姜睿臣鎖門後走近范老太爺床邊，俯看蒼老面容，注意到床頭櫃擺放著范老太爺年輕時的照片。

范姜睿臣拿起照片看了會，皺眉，視線移到失去呼吸的老人身上。

原本在他的計畫裡，倘若范老太爺一意孤行，要他結婚才能接班，他會採取適當行動抵制逼宮。

這些年的抑忍為的就是討回公道。

為此，他結合上一世的記憶，選擇隱忍布局多年，誰知道死神破壞他的計畫，范老太爺深夜猝死。

難道是蝴蝶效應的結果？這想法瞬間閃過范姜睿臣腦海，但他沒想深究。

沒有標準答案的思考無濟於解決問題。

「有人說睡夢中離世是善終……」范姜睿臣俯身，眼神透著令人膽寒的戾氣，在范老太爺耳畔，用只有自己聽得見的聲音低語：「你很幸運，在我動手前離開人世……」

范姜睿臣起身，蓋下床頭范老太爺年輕時的照片，遮住照片裡那張與自己八分相似的臉。

※※※※※

那是發生在范姜睿臣出生前的事。

一個成功的中年富商看上好友珍愛的獨生女，明知不該覬覦，但富商霸道專斷已久，容不得他人質疑。

好友的獨生女早有心上人，斷然拒絕，打臉富商。

富商一怒之下，設局陷害好友，再假意救濟，促成兩家聯姻。

然後，在一天夜裡，強暴自己的兒媳，強迫她維持這段不倫的關係，直到她懷孕，生下一名男嬰。

「……不管你信不信，我曾經真的想和文翡做夫妻過一輩子，只是看見你……」

范家和遲疑，看著和父親年輕時相似的范姜睿臣，情緒複雜。

這孩子，表面上是他兒子，實際上卻是他兄弟。

他的存在……在他父親看來是驕傲，他的兒子果然優秀；但在他眼裡卻是不得不吞的醜聞、恥辱。

一切都是為了家族……他父親對他曉以家族大義底下，是一個男人對女人骯髒醜陋的心思。

「不要拿我當藉口。」范姜睿臣狠瞪眼前驚慌失措的男人。「真的愛一個人不會同時把心思放在另一個人身上。」

范家和面露愧色，囁嚅不敢多言，偽善的表象被范姜睿臣一語戳破。

范姜睿臣不意外自己的出身，這合理解釋他為什麼無視其他兒子的表現，獨獨指定他做接班人，帶在身邊親自教養。又為什麼重視血緣的范老太爺接回范維夏之後會順著他的要求，答應他住進姜家大宅，不必回范家。

讓兩個年紀相仿的孩子從小建立交情，長大後不至於孤立無援。

這也說明了他母親為什麼當年會說出那些話——

要他別恨，因為眼前這個懦弱的男人被迫當自己父親不倫的煙霧彈。

不責備他否認范家和這個父親，因為他根本不是。

說他是姜家的孩子，她要他別因為范家的血緣否定自己。

不要恨他、不要恨任何人……

他的母親用自己的方式保護他，一邊等著愛人前來見最後一面。

如果不是范家，他的母親不會年紀輕輕香消玉殞，不會跟鄒明豔天人永隔。

心機

如果不是范家——

他自始不存在，不會遇見范維夏，更沒有這兩世的奇遇，不可能有機會修正對心上人犯下的錯誤，也沒辦法走到擁愛人入懷的現在……

「你會守著這祕密吧？」

范姜睿臣回神，看見范家和緊張兮兮地盯著自己。

「這事……要是這事說出去，范家就完了……」范家和擔心地打量范姜睿臣。「覆巢之下無完卵，你懂的吧？你是范家的接班人，沒了范家，你也完了，為了家族的榮耀——」

范姜睿臣冷笑，戾氣騰騰的視線看得范家和忍不住打冷顫。

「這個家族還有榮耀？」

這一問，問得范家和縮肩不敢答，世家大族的貴氣蕩然無存。

饒是如此，范家和仍硬著頭皮追問，事關家族名譽和以後的榮華富貴。

「你、你會吧？就算不為我們也為了你的堂兄弟……」范家和頓口，想到輩分問題，忙改口：「為了哲睿、睿中……睿字輩的孩子們——」

……不要恨任何人……

……記得以前跟我說的願望嗎？

……不要恨，要愛。好好愛自己、愛你愛的人，把願望記在心裡，相信它會實現，它就會成真，你會找到陪你一起完成願望的人……

「把這件事帶進墳墓裡。」范姜睿臣清冷的聲音充斥只有兩人的空間。「如果洩漏出去，或用這事威脅我和我身邊的人……只要洩漏一句，我就拿整個范家陪葬。」

「是、是，沒問題、沒問題！」范家和明顯鬆了口氣，總算保住名聲和富貴。「謝謝、謝謝……」

范姜睿臣看著范家和唯唯諾諾道謝的模樣，覺得諷刺。

這就是家族……

可笑至極！

※ ※ ※ ※ ※

范老太爺的葬禮不讓人失望的莊嚴華麗，三十六呎的藝術花山氣勢恢宏。

除了政客名流雲集，黑道大老、宗教代表都在名單之內，范老太爺交遊之廣闊，可見一斑。

范家人身穿宗族體制下的孝服，樸素中可見低調的奢華。

在司儀引導下，主祭的范姜睿臣身穿代表主祭的白色長袍，領著身後按字輩排列的范家人緩慢進場，一步步走向花山，開始家奠儀式。

花山上，范老太爺的遺照精神矍鑠，不愧為商界強人、商業傳奇。

范姜睿臣一步步走近照片，神情卻越發冷峻。

「范大哥啊！」

一聲淒厲的哭叫聲從外頭傳來，打斷家奠儀式。

眾人循聲看去，就見一個打扮樸實的五旬男子哭天搶地殺進會場，神情激動地推開前方的人，衝向花山，凌亂的腳步一個踉蹌撲倒在花山。

三十六呎的花山頓時塌下一角，現場一片混亂。

※※※※※

悼！汎亞總裁逝世，遊民尋回愛子，感恩跪哭會場

汎亞總裁離世，生前善心義舉助父子相認

離世不忘行善，遺囑義助父子相認

電子媒體、報章雜誌斗大標題報導范老太爺過世的消息，但更醒目的是會場上父子相識的感人事件！

哭倒花山一角的男人叫李文義，在媒體堵麥時又哭又號地訴說范老太爺的感人義行，說自己年輕時不懂事，好賭輸光家產，妻子也離開他，帶著兒子被追債追到想死。多虧范老太爺高義，給他一筆錢，收養他兒子，要他安頓好再回來接，但他混帳，一拿錢就跑，現在浪子回頭，賺到足夠的錢要來見范老太爺，沒想到老爺子已經駕鶴西歸，早登極樂！

李文義哭得太驚天動地，成為范老太爺告別式上讓人印象最深刻的風景，而他與范維夏相似的眉眼，足以說明故事中那個可憐被收容的小男孩是誰。

范維夏看著平板上的電子新聞，一則則全聚焦在范老太爺的義行善舉，以及父子相認的感人事件上，默契極佳得像是集體帶風向……

范維夏不禁有一種聯想……

他移開平板，低頭看突然跑來他辦公室，把平板丟給他之後，要他貢獻大腿給他當枕頭的男人。

在他俯看的瞬間，男人睜開鳳眸，含笑回望，坦白承認：「是我。」

「你怎麼發現的？」

「你說過你身分證晚報一個月。」

范維夏想起，那是他們第一次的夜晚，雙耳微熱。「所以？」

「推算你母親懷你的時間，他人在歐洲。」也因為這事，他發現過去理所當然的事並不自然。

范弘達指定他為接班人，無條件地支持他每項計畫，縱容他放過范哲睿……

范家和對他與母親的疏離，彷彿陌生人卻又畏懼，像是在顧忌什麼……

上一世他從沒想過的問題，這一世，他不只發現，還找到答案。

「爸找到我的時候……我是說范老太爺找到我的時候沒發現？」

「可能是開心。」范姜睿臣伸手捏玩他下顎。「那時候的白饅頭太可愛，讓他忽略這些細節……」捏捏下巴。「太瘦了。」他想念饅頭的雙下巴。

不想他知道，那老頭帶他回來，某種程度上是做他的跟班、玩伴，甚至是犧牲打，就像綁架事件那時候……

「別鬧。」范維夏拍開作弄的手。「你認真點。」

「我很認真。」范姜睿臣反扣住范維夏抓住自己的手。「三個月後去約會。」

「啥？」話題會不會轉太快？還有，三個月後是什麼概念？

「三個月，夠這個世界忘記有范維夏這個人。」

「電影院、遊樂園、海岸公園、百貨公司……哪邊人多就往哪邊去。」想像到時和他手牽手逛街的畫面，范姜睿臣笑得眼睛瞇成彎月。

很期待。

或許找幾家媒體不小心目擊，上幾家週刊封面。

「等一下。」范維夏打斷范姜睿臣的浮想聯翩。「正經點，約會是什麼？還媒體？你想做什麼？」

范姜睿臣坐起身，轉過來無聲地看著他。

被看得不自在，范維夏動了動。「怎麼？」

范姜睿臣拉他倒向自己。

「阿臣？」

「我覺得你對我很不貪心。」

「什麼？」

「如果是我，親你的手就會想吻你的臉……」范姜睿臣邊說邊做。「吻你臉頰就會想親你的脣，親了脣就想親……」范姜睿臣往下移到范維夏的乳尖位置時，被范維夏擋住。

紅著臉瞪他。「我還在上班。」

「你應該要多渴望我一點。」見他仍然懵懂，范姜睿臣挑明：「談戀愛的時候就該想對外公開宣示主權，公開後就應該要想結婚的事……李維夏，對我，你應該更得寸進尺一點。」

范維夏……不，是李維夏終於明白范姜睿臣的意思，忍不住笑了。

他做的這一切，都是為了鋪陳兩人的未來。

李維夏覺得好氣又好笑，凝視面前的男人，眼眶微熱，忍不住雙手纏繞他肩頸，十指交扣在他頸背，傾身靠上去。

「我想……先去汎亞……去繞三圈，讓所有的員工知道，他們的老闆名草有主。」

他怎麼沒想到！「醫院，理由同上。四圈。」

李維夏笑了，抬起下巴輕咬范姜睿臣嘴脣。「我得去巡房了，回家等我？」

「好，這件……」范姜睿臣扯了下他身上的白袍。「記得帶回家。」

李維夏不解地望著范姜睿臣，直到他伸手幫他整理白袍衣領、碰了碰他隨身的聽診器，眼神露骨地透露渴望……

李維夏跳開，漲紅著臉衝出辦公室。

范姜睿臣低笑出聲。

……記得以前跟我說的願望嗎？

曾經，有個男孩許過這樣一個願望，長大以後他要買一間漂亮的房子，裡面住著他、他愛的人，快快樂樂在一起，住在他們的家……

……不要恨，要愛。好好愛自己、愛你愛的人，把願望記在心裡，相信它會實現，它就會成真，你會找到陪你一起完成願望的人……

以前不明白的，現在懂了，為什麼母親不要他恨。

一輩子就這麼短，光愛都嫌時間太短太倉促，哪來的功夫恨。

他慶幸——

自己有第二次機會。

這一次，他學會了愛。

番外一

鄒明豔還是走了。

在范姜睿臣和李維夏結婚的第二年。

留下一封遺書給范姜睿臣，所有的資產分給跟隨她的特助以及李維夏。

給范姜睿臣的遺書只寫下——我去找她要那些話了。署名給兒子。

給特助留下「做你自己」四個字的短箋；給李維夏一句「好好照顧我兒子」。

不廢話，一如她明快的個性。

蓋棺之前，范姜睿臣獨自與鄒明豔共處一個小時，做最後的告別。

葬禮很低調，由范姜睿臣主祭，以義子的身分，他決定將鄒明豔與母親合葬。

那是她們應該得到的。

范姜睿臣看著黃土一鏟又一鏟覆蓋棺木，李維夏走到范姜睿臣身邊握住他的手。緊緊的。

范姜睿臣雙手掬起最後一坯土，覆蓋其上，完成最後的儀式。

他冷靜地完成一切儀式，看似無動於衷，只有李維夏知道，他悲傷得哭不出來。哭不出的淚，無法宣洩的悲傷，范姜睿臣已經三天沒進公司。

范睿中私下哀號快壓不住老盯著他們的董事會跟稽核室了，求助到李維夏面前，拜託他勸范姜睿臣進公司露露臉，威壓那些又想蹦蹦跳的老人們。

李維夏端著簡單的食物走進書房，范姜睿臣站在窗前，眼神清冷地看著窗外，靜止得像座雕像。

李維夏將餐點放在一旁茶几，看著窗前哀傷的男人。

無法勸節哀、問還好嗎……這些話都無濟於事。

悲傷，只能靠時間稀釋、淡化。

他能做的，就是抱住他，讓他知道，他在，會陪著他。

李維夏從後面環抱住范姜睿臣。

久久，范姜睿臣開口，聲音有些低沉暗啞：

「你說……她跟媽會不會像我們這樣，回到屬於她們的時間相遇？」

「不知道，但我希望會。」

鄒明豔離世帶給范姜睿臣的衝擊與悲傷，不亞於當年母親離世。

他的母親陪他六年，鄒明豔陪了他近三十年，幾乎是母親的五倍。

他努力和鄒明豔建立關係、累積感情到最後還是無法改變鄒明豔的命運。

人生重來，他和李維夏做了許多不同於上一世的選擇，有的確實改變了一些事，有的沒有。

改變與不變，沒有判斷標準。

命運自有它的規律，難以參透。

他們只能一步步前進，一次次謹慎選擇。

范姜睿臣甚至開始接觸玄學，行事一改過去的狠厲作風轉向溫和，平衡范家內部勢力，採取懷柔安撫，不再硬碰硬，降低產生仇恨的可能性，希望能改變上一世享年三十七歲的結局。

套句世俗的說法，他們努力積德換取更長的生命。

隨著時間越來越接近范姜睿臣上一世的享年，兩人各自忐忑，誰也沒說破。

鄒明豔的離開，撕開了兩人沒說破的不安。

范姜睿臣握緊李維夏扣在他腰腹的手。

「不准比我先走。」

他重要的人不多，可每回生死永隔的，都是他生命中重要的人。

幼時，送走母親，六歲的他對生死還很懵懂，又因為有鄒明豔、有目標，轉移他悲傷的情緒。

送走范老太爺，這位對他重要的老人也是讓母親最痛的元凶，憤恨與悲傷相抵，更多的是憤怒。

鄒明豔的離去，他悲傷，但因為有身後的人陪伴，他還能承受。

獨獨李維夏……光想像就心痛得無法呼吸，這樣的錐心之痛，他受不了。

這是范姜睿臣唯一的懦弱。

「好，我讓你先走。」李維夏收緊環抱男人的手臂。「我送過你，有抵抗力。」

那份悲傷，上一世他能撐過來，再一次也可以！

「但你要等我，我馬上到。」

范姜睿臣愣，在李維夏懷中轉身，俯看抱著他的男人。

「也許……」李維夏抬手，露出手腕的玉鐲，也碰了碰躺在范姜睿臣鎖骨前的玉墜。「我們會再相遇，就像這次一樣。」

范姜睿臣低頭看了李維夏好一會，開口：

「好，我等你。」說完後親吻他額頭，鄭重承諾。

李維夏抬頭，親吻他脣角，摟緊他。

到現在還是無法理解他們為什麼能重活一次，但——

這樣的可能性，為死亡帶來一絲溫柔的期待。

番外二

放棄自己生命的人沒有資格上天堂。

被擋在天堂大門外的鄒明豔挑眉，帥氣一哼：「誰稀罕。」

年過五旬，她脾氣依然桀驁，不因歲月歷練圓融。

她的圓融只給重要的人，欣然接受小心眼、愛記仇的標籤。

也記下天堂欠她一筆。

她不是為進天堂而來，只是想，見她一面。

那人善良又美好，死後理應回歸天堂。

進羅馬不只一條路，進天堂亦然吧。她想。

鄒明豔轉身欲離開現場再另想辦法，就在她轉身的瞬間，周圍景色乍變，原本白淨敞亮的無垢空間變得渾沌，黑與白相互糾纏，無法相容，分不清天地上下。

鄒明豔整個人……應該說她整個魂……懸在渾沌的空間裡，無法動彈。

心機

下一刻，四周的空間浮現一個個畫面，是生前她和她的回憶。

幼時相遇，她十歲，她八歲。她為生存偷竊失風，遭人追打；她藏匿她，故意指引錯誤方向，救了她。

那時的她充滿憤怒，對她的好心，不屑一顧。

再次相遇，她十二歲，她十歲。她是綁匪幫凶，她是肉票。她誤會她也被綁，忍住害怕，安慰她甚至還想保護她。

多蠢多笨，又多善良多單純……她純真無瑕，她自慚形穢。

最危急的時刻，她背叛主謀救她離開，她為報恩留她在姜家。

從此，她有了家。

她們朝夕相處，同住一房、同睡一床，從小女孩變成女孩，從女孩到少女……

她日漸美麗聰穎，吸引眾人目光；她始終守在她身後，甘願黯淡無光。

直到——一封封情書、一次次告白追求，暗示她會失去她，她慌了。

她強迫自己改變，比她更好、更搶眼，偷竊她的光芒成就自己，想辦法將她藏在身後。

只要沒有人發現她的美好，她就永遠屬於她——卑劣的心思作祟，她取代她成為眾人矚目的焦點。

她不知道這份獨占慾所為何來，直到她吻了她。

「還以為只有我喜歡妳呢。」吻她的女孩依然美麗，秀麗的眉眼透著俏皮。「豔豔，妳喜歡我吧。」

不是疑問，是肯定句。

啊，原來這份獨占慾是愛。

不想讓人發現，想藏起來只有自己看得到、碰得到，想更親近她、獨占她！

她是這麼喜歡她、愛她！

女孩子的友情，總摻雜了點占有慾，她們的愛情藏在閨密好姊妹的包裝下。

直到有一天，她開始疏遠她，先是分房，接著轉校、之後分居，最後出國——

逐漸失去她的焦慮讓她憤怒，一問才知她被安排婚事，她沒有反抗地接受。

我愛上了別人……她這麼說。

悲憤蒙蔽她雙眼，無法思考這句話裡的悲傷。

她憤怒離去，拚搏自己的事業，要她後悔放棄她。

她心小，容了她，再也容不下別人。

直到聽見她罹病不久人世，才知道當年的背叛情非得已。
她放下一切趕回，仍來不及見上最後一面。
在死亡面前，怨懟多麼可笑，又可悲。
回憶在渾沌的空間像跑馬燈一幕幕重現。
喜怒哀樂，人間四味。生離死別，人生至悲至哀。
她重新領會，情緒劇烈起伏。
只是想見她，為什麼那麼難！
絕望、悲傷、憤怒……波動震盪導致整個空間激烈顫抖，渾沌的景象開始扭曲。
鄒明豔沒有意識到自己的靈魂逐漸透明，或者說……
被空間吞噬。糾纏的黑與白逐漸滲透鄒明豔的靈魂。
豔豔……
溫柔的呼喚伴隨溫柔的擁抱，穩住鄒明豔就要崩潰四散的靈魂。
渾沌的空間忽然消失，取而代之的，是一片綠地藍天。
鄒明豔從恍惚中逐漸回神，抬起手，想抓住環抱在頸部的手，又怕抓不住證明又是一場空。

她能為姜文翡堅強，但也因她而脆弱。

環抱的手，騰出一隻握住她懸在半空的手。

「是我哦，豔豔。」

鄒明豔反握她的手，緊緊的。

一瞬間，好想哭。

但靈魂無淚，只有重重的思念、欣喜、悲傷……

鼓起勇氣回頭看，看見一如記憶裡的美麗容顏。

自己卻因為多活一段時間履行她最後的請託，成了五句老嫗……

「妳才不老。」

姜文翡撫過鄒明豔的銀髮、眼角魚紋，在她手下，撫過之處逐漸回春。

選擇自己最美的時刻呈現，是死亡給予人類唯一的溫柔。

她的豔豔依然光采耀人。

「我……」哽咽不成聲，鄒明豔將人拉入懷中，用力抱緊，低頭親吻懷中人的額頭、眼角、臉頰、鼻梁，一路親吻到柔軟的唇……以吻確認她每一處細膩的輪廓。

我照妳的請託，代替妳陪他長大，確認他幸福……我做到了，在沒有妳的日子裡……一邊想妳一邊努力活下去……

靈魂沒有痛覺。感情穿透靈魂，透過親吻傳遞思念的重量。

「我知道。」姜文翡回吻，緊緊摟了她一下，拉開距離，深情凝視眼前豔麗中透著凌厲英氣的面容。「辛苦妳了。」

她以為，這份委託能支撐她活下去，壽終正寢；誰知道她還是……

「我不求生，不怕死，只要妳。」

「傻瓜……」深情款款的情話甜進姜文翡心裡，為她不值，也心疼。

鄒明豔揚笑，笑裡有深情、有滿足、有無悔……有一切隱含深刻愛戀的情緒，就是沒有怨。

握緊心上人的手，她說：

「我來要妳最後一句話。」鄒明豔望著姜文翡，情真意切道：「我想聽妳親口說。」

為我活著……這話放在這時候，已是多餘，還不如——

姜文翡撲上前吻住愛人，以吻傳遞此時此刻最想說的話。

我愛妳，一直只愛妳。

被襲吻的唇揚起笑意，反客為主加深這道吻，貪婪地汲取相濡以沫的親密感。

她知道懷中人說了謊。以她的個性，恐怕那時是要她為她活下去之類的話吧。
但她可以裝糊塗，因為——
此刻的示愛才是她要的最後一句。

番外三

李維夏怎麼可能照范姜睿臣的話將白袍帶回家。

那是他在醫院的戰袍，也是醫師權威的象徵。

所以對於范姜睿臣的交代，他只當馬耳東風。

范姜睿臣也清楚自己愛人的個性，所以——

李維夏回到家看見身穿白袍的范姜睿臣慵懶地坐在長型沙發上，他傻眼了。

「你……」

「讓范睿中去買的。」范姜睿臣說著，打開一旁的醫療包，露出醫生遊戲系列的情趣用品——針筒、探照燈、聽診器、內視鏡……那個放大版的膠囊是什麼？

心有靈犀。范姜睿臣也同樣好奇，拿起來按下開關，滋滋的高頻震動聲伴隨七彩變幻的霓虹燈，原來是會發光的震動膠囊。

「七段變換，可控可調。」范姜睿臣表情淡定念著使用說明，一派風輕雲淡：「結婚後的男人果然不一樣，被佟莉亞帶壞了他，尺度大開。」

他怎麼覺得被帶壞的是眼前這尊……李維夏心中警報大作，悄悄後退，暗算自己與門之間的距離。

李維夏轉身快跑，伸手握住大門門把轉開，看見生天的瞬間，身後探出一手，強而有力地將門按回去。

生天在眼前 bye bye，死路在背後蔓延。

李維夏頓覺喉嚨乾渴，身後男人的體香籠罩，背脊竄升一股難以言喻的顫慄，他困難地嚥了口口水，語帶求饒。

「我今天開了七臺刀……」

「嗯……一定很辛苦。」范姜睿臣俯身，貼近他耳朵，心疼道。

李維夏鬆了口氣。「對啊，我需要休息。」想到，補充：「真正的休息。」

「還有檢查……」想到，補充：「徹底的檢查。確保身體健康。」

「什……」李維夏被身後的男人扳過來按在門板面對，抗議的話還來不及出口，對方強勢的吻已然落下，封住他想好的說詞。

范姜睿臣雙手按住李維夏髖骨，順勢滑到腿側，勾起他雙腳夾在自己腰上。

身體突然懸空，被吻得頭昏眼花的李維夏習慣抱緊范姜睿臣頸肩，配合地夾緊雙腿間的腰臀。

范姜睿臣抱著懷中人，邊吻邊往客廳移動，行進間，李維夏已被吻得忘我，臉頰潮紅，身體也逐漸覺得躁熱，本能地回應他男人給予的激吻。連范姜睿臣將他放在長型沙發上了，四肢仍然纏住范姜睿臣。

直到勾起的腳踢落那箱醫療包，在地上發出聲響，拉回他些許心神。

兩人四目看向地上的「醫療用品」，又回頭對視。

范姜睿臣俯看身下漲紅臉的愛人，長指沿著褲頭縫線從腰側滑到腹部，緩慢解開鈕釦，抬起的鳳眸魅惑勾人。

李維夏打了個哆嗦，抱緊他頸項，弓腰挺身落吻，忍住羞恥心，軟熱的舌輕舔范姜睿臣性感的唇，呢喃：「我只想要你……」

不要其他四字就算沒有出口，范姜睿臣也能從他的肢體語言之間明白過來。

「我怎麼可能讓我以外的東西碰你。」

李維夏放心了。緊揪著范姜睿臣衣領的手放鬆開來，滑過范姜睿臣性感的鎖骨，一邊解他衣釦一邊大膽愛撫衣衫下結實的身體。

范姜睿臣俯身拉近兩人的距離，一手托著李維夏後腦，配合自己隨時調整親吻的角度，停在李維夏褲頭的手熟練地解開鈕釦，探入兩腿間愛撫。感覺身下的人拱腰貼近自己發出苦悶且舒服的呻吟聲時，他吻得更深更用力，彷彿要奪走他的呼吸。

他的一切，都是他的。

在雙腿間的手不斷套弄、挑逗，勃發的慾望逼得李維夏不自覺扭動腰身，似是想掙脫又像是迎合，後臀深處一陣痲癢，渴望著某人與自己更進一步……

催促聲情不自禁出口：「快點……」

「乖，再忍忍。」范姜睿臣嘴脣貼在他身邊低啞地輕哄，之後沿著敞開的衣襟親吻他鎖骨、胸膛，舔咬微挺的乳尖，同時加快套弄的速度，直到聽見身下急促的呻吟與最後釋放的輕哼。

緊繃的身體在釋放的瞬間被放鬆，像是融化的奶油，癱躺在沙發上。

范姜睿臣抽離被精液溼透的手，舔了口露出滿意的微笑，抬頭欲吻李維夏，進行下一回合的挑逗時，發現李維夏維持原來的姿勢閉眼入睡。

范姜睿臣一愣，慾望方興未艾，奈何愛人酣然入夢。

搖醒他？咬醒他？還是另一種搖醒？各種惡劣的方略浮上心頭，卻在愛人一聲

心機

「阿臣」的輕喃中化成一縷輕嘆，脫下白袍當被蓋住李維夏，同時將他擁進懷中，特訂的沙發容得下兩人共枕。

只是……車開到一半發現同伴中途下車的感覺真的很不好。

范姜睿臣伸手拿起放在一旁的手機，朝地上醫療包拍了張照，點開通訊軟體，將照片傳給佟莉亞，俐落打字：

管好妳老公！

按下傳送鍵，丟開手機。

心情舒緩許多的范姜睿臣抱著愛人閉上眼睛。

剩下的——

明天繼續。

後記

終於讓范姜睿臣跟他的七叔修成正果了！

這對叔侄的故事，我想了很多版本，開啟他們的多重宇宙，最後選擇這個宇宙呈現在大家面前。

身為影視和小說雙棲的創作者，我穿梭在2D跟3D的世界，尋找兩者串連的彩虹橋。

於是，《奇蹟》確定影視化！（可喜可賀！）

而《心機》，有了前世今生，他們的選擇牽引出《奇蹟》的未來。

原先構想的《奇蹟》其實是悲劇，一如故事中范姜睿臣和李維夏經歷的前世，但還是不忍，給了甜美的結局。

心機

在《心機》裡，大家會看見初代的故事片段，應該不會太虐才是。

說說這次的故事吧——

我想，愛情要坦誠，也要會耍心機。

坦誠言愛，不會錯過愛情；心機維繫，才能走到最後的終南山境。

沒有一段關係在建立後不需要經營，愛情亦然。

我們可以在書中回到過去改變未來，卻無法在生活裡扭轉既定的事實消滅遺憾。

人生中每次的選擇都不可逆，所以，我們小心翼翼。

我喜歡范姜睿臣的絕對專一，喜歡明豔的堅貞不移。

好吧，我就是吃這一套。

一生一世一雙人，絕對專屬彼此的愛情。

這世界總有那麼一個人，值得你傾注一輩子的愛情。

我始終這麼相信，總會有這樣的存在，只是未必能相遇；也會有這樣的存在，兩人攜手走過一輩子之後才明白那人就是你。

《奇蹟》的兄弟作，關於范姜睿臣和李維夏的故事，請多指教！

我們，下回見。

對，就是有下回！

預定三部曲的故事，最後會是誰呢？

請容我賣個關子。

心機

作　　者／林珮瑜
執 行 長／陳君平
榮譽發行人／黃鎮隆
協　　理／洪琇菁
總 編 輯／呂尚燁
執行編輯／曾鈺淳
美術監製／沙雲佩
美術編輯／李政儀
國際版權／黃令歡、梁名儀
文字校對／施亞蒨
內文排版／謝青秀

國家圖書館出版品預行編目資料

心機 / 林珮瑜作 . -- 1 版 . -- 臺北市：城邦文化事業股份有限公司尖端出版：英屬蓋曼群島商家庭傳媒股份有限公司城邦分公司發行，2022.11
面；　公分
ISBN 978-626-316-032-3（平裝）

863.57　　110012254

出版／城邦文化事業股份有限公司　尖端出版
台北市 104 中山區民生東路二段 141 號 10 樓
電話：（02）2500-7600　傳真：（02）2500-2683
讀者服務信箱：7novels@mail2.spp.com.tw
發行／英屬蓋曼群島商家庭傳媒股份有限公司城邦分公司　尖端出版
台北市 104 中山區民生東路二段 141 號 10 樓
電話：（02）2500-7600　傳真：（02）2500-1979
劃撥專線：（03）312-4212
戶名：英屬蓋曼群島商家庭傳媒（股）公司城邦分公司
劃撥帳號：50003021
※ 劃撥金額未滿 500 元，請加付掛號郵資 50 元
法律顧問／王子文律師　元禾法律事務所　台北市羅斯福路三段 37 號 15 樓

台灣地區總經銷／中彰投以北（含宜花東）　楨彥有限公司
電話：（02）8919-3369　　傳真：（02）8914-5524
雲嘉以南　威信圖書有限公司
（嘉義公司）電話：（05）233-3852　　傳真：（05）233-3863
（高雄公司）電話：（07）373-0079　　傳真：（07）373-0087
馬新地區總經銷／城邦（馬新）出版集團 Cite（M）Sdn Bhd
電話：603-9057-8822　　傳真：603-9057-6622
E-mail：cite@cite.com.my
香港地區總經銷／城邦（香港）出版集團 Cite（H.K.）Publishing Group Limited
電話：852-2508-6231　　傳真：852-2578-9337
E-mail：hkcite@biznetvigator.com

版　次／ 2022 年 11 月 1 版 1 刷　Printed in Taiwan